LES LOCATAIRES
DE
M. BLONDEAU

VAUDEVILLE EN CINQ ÉTAGES

PAR

M. HENRI CHIVOT

PARIS
TRESSE, ÉDITEUR
8, 9, 10 et 11, GALERIE DU THÉATRE-FRANÇAIS
PALAIS-ROYAL

MDCCCLXXIX

LES LOCATAIRES
DE M. BLONDEAU

VAUDEVILLE

Représenté pour la première fois, à Paris, sur le théâtre du Palais-Royal,
le 12 juin 1879.

IMPRIMERIE GÉNÉRALE DE CHATILLON-SUR-SEINE. JEANNE ROBERT.

LES LOCATAIRES

DE

M. BLONDEAU

VAUDEVILLE EN CINQ ÉTAGES

PAR

HENRI CHIVOT

PARIS
TRESSE, ÉDITEUR
GALERIE DU THÉATRE-FRANÇAIS
PALAIS-ROYAL

1879

PERSONNAGES

BLONDEAU, propriétaire	MM.	MONTBARS.
BONPÉRIER, huissier		LHÉRITIER.
RIFLARDINI, ténor italien		DAUBRAY.
LE MARQUIS DE BARRAMÉDA, ex-colonel portugais		MILHER.
BILLARDIN, principal clerc d'huissier		RAYMOND.
DUTILLEUL, jeune gommeux..................................		NUMÈS.
MARTIN, coiffeur..................................		FUSIER.
TANCRÈDE, domestique de Riflardini		PLET.
GUSTAVE, clerc d'huissier..................................		GILLY.
LE PÈRE PLUCHARD, vieil expéditionnaire		FERDINAND.
UN BADIGEONNEUR..................................		DECAUX.
MADAME LA BARONNE DE SAINTE-AMARANTHE........	Mmes	G. OLIVIER.
MADAME BLONDEAU..................................		LORENTZ.
MADAME BONPÉRIER		RAYMONDE.
ANNA, fille de Blondeau		BERTHOU.
BIANCA, femme du marquis de Barraméda..................................		MIRECOURT.
MARIETTE, domestique de Blondeau..................................		DEZODER.
FROSINE, domestique de madame de Saint-Amaranthe.......		MIETTE.
SANSONNETTE, modiste		BERENGER.
MIRABELLE, —		FOSCA.
JOUVENGE, —		LAVAINE.
TOPAZE —		AYMÉ.
BRISQUET, petit clerc d'huissier		DIDELO.

La scène se passe de nos jours, à Paris.

LES LOCATAIRES
DE M. BLONDEAU

ACTE PREMIER

Le théâtre représente la salle à manger d'un appartement dans lequel on vient d'emménager, meubles, cartons, malles, paquets pêle-mêle.

SCÈNE PREMIÈRE

MARIETTE, DEUX TAPISSIERS, QUATRE DÉMÉNAGEURS, puis MADAME BLONDEAU et ANNA.

Au lever du rideau, deux tapissiers sont en train de clouer des rideaux aux fenêtres. Mariette retire de la vaisselle d'un grand panier et la pose sur le buffet. Les quatre déménageurs apportent du dehors des meubles, des malles, des paniers, des cartons, etc.

MARIETTE, aux déménageurs qui entrent chargés.

Posez ça là, en attendant...

Les déménageurs posent les objets par terre

UN DÉMÉNAGEUR, s'essuyant le front.

Crédié!... il fait soif...

UN AUTRE.

Allons boire un coup... (A Mariette.) Nous reviendrons tout à l'heure, la petite mère...

Ils sortent tous les quatre.

MARIETTE, retirant des objets du panier.

Un verre à pied... sans pied... un flacon de rhum... sans rhum... probablement pour alléger la charge... belle engeance qu'un déménagement!

MADAME BLONDEAU, paraissant à gauche.

Mariette!...

MARIETTE.

Madame?

MADAME BLONDEAU.

Avez-vous aperçu mes bottines de satin bleu?

MARIETTE.

Attendez... je crois qu'elles sont avec les bouteilles...

MADAME BLONDEAU.

A la cave alors?... C'est bien amusant!

ANNA, paraissant à droite.

Mariette!...

MARIETTE.

Mademoiselle?...

ANNA.

Savez-vous où est passée ma corbeille à ouvrage?

MARIETTE.

Votre corbeille?... non... (Regardant dans le panier.) Ah! si... je l'aperçois... elle est là sous les assiettes...

ANNA.

Sous les assiettes!... (Mariette la retire et la lui donne.) C'est du joli!... La voilà dans un bel état!

SCÈNE II

LES MÊMES, BLONDEAU.

BLONDEAU, *entrant par le fond à gauche.*

Mariette!...

MARIETTE.

Monsieur?

BLONDEAU.

Je ne trouve pas mes rasoirs... qu'est-ce qu'on a fait de mes rasoirs?

MARIETTE, *impatientée.*

Ah! je n'en sais rien...

MADAME BLONDEAU, *ironiquement.*

A la cave peut-être, avec mes bottines!...

BLONDEAU, *regardant autour de lui.*

Où sont donc les déménageurs?...

MARIETTE.

Ils viennent de descendre pour se rafraîchir...

BLONDEAU.

Ah! s'ils se rafraîchissent nous avons le temps d'attendre!... Les vandales!... Ils ont bien arrangé le portrait de ma première femme.

ANNA.

De maman.

BLONDEAU.

Un trou à y fourrer le bras... en plein dans l'œil gauche...

MADAME BLONDEAU.

C'est votre faute... vous les avez tellement bousculés...

vous étiez si pressé de faire ce déménagement... aussi, voyez, quel fouillis ici...

BLONDEAU.

Ne t'enlève pas, ma poule... c'est le premier moment... un peu de chaos d'abord... ensuite ça se dégage, ça se classe... il faut de la patience...

MADAME BLONDEAU.

Et un tempérament de fer... Je suis brisée...

Elle s'assied sur une malle.

ANNA.

Et moi aussi...

Elle s'assied sur un gros paquet de linge.

BLONDEAU, s'asseyant sur un panier.

C'est ça, reposons-nous un peu.

Pendant toute cette scène et la précédente, les deux tapissiers n'ont cessé de frapper.

MADAME BLONDEAU, se bouchant les oreilles.

Et ce bruit! ce bruit infernal! il y a de quoi vous rendre folle!... Oh! ma pauvre tête...

BLONDEAU.

Voyons, mon loup, ne t'énerve pas... c'est le premier moment... ensuite ça se dégage, ça se classe... (Aux tapissiers.) Où en sommes nous, mes amis?

UN DES TAPISSIERS, descendant de l'échelle.

C'est fini par ici... nous allons entamer la chambre à côté...

BLONDEAU, à sa femme.

Tu vois, ma chérie, ils vont déjà entamer la chambre à côté... (Aux tapissiers.) Allez... (A Mariette.) Conduis-les, Mariette.

Les tapissiers sortent par la gauche conduits par Mariette.

SCÈNE III

BLONDEAU, MADAME BLONDEAU, ANNA.

MADAME BLONDEAU.

C'est fait pour me tuer.

BLONDEAU.

Mais non... tu exagères... On ne meurt pas d'un déménagement... il n'y en a pas d'exemple dans les annales... Parbleu! moi aussi je suis rompu... mais est-ce que tout cela n'est pas compensé par la satisfaction de pouvoir nous dire: nous sommes chez nous, dans notre immeuble! (Se levant.) dans notre immeuble!

MADAME BLONDEAU, se levant.

Oui, je ne dis pas...

BLONDEAU.

Tu es désormais la femme d'un propriétaire... (A Anna qui s'est approchée.) Toi, tu en es la fille!...

MADAME BLONDEAU.

C'est une satisfaction qui nous coûte assez cher...

BLONDEAU.

Deux cent quatre-vingt mille francs... plus les frais... mais la maison est dans un bon quartier... cinq étages... très bien habités... et je ne suis point fâché de l'avoir achetée... Après avoir fait une honnête fortune dans la fabrication des queues de boutons, au moment de me retirer des affaires, je me suis dit : Blondeau, toute ta vie tu as été locataire, à chaque trimestre tu as été obligé de payer ton terme, tu as subi les exigences de ton propriétaire qui t'a augmenté trois fois... Eh bien, mon bon, tu vas prendre ta revanche... A ton tour tu auras des locataires... tu trôneras dans ta propriété... tu y régneras!... non en despote, telle n'est pas mon intention... mais en souverain doux, malléable et bienveillant... j'entends que ma maison, du premier au cinquième ne soit qu'une vaste famille; un séjour de paix de concorde et de tranquillité...

Grand bruit au dehors dans l'escalier.

MADAME BLONDEAU, se levant.

Ah ! mon Dieu !...

BLONDEAU, se levant.

Allons bon !... c'est mon piano !... Tu vois... un peu de chaos d'abord... ensuite ça se casse... (Se reprenant.) ça se classe !... voilà le rêve étoilé que j'ai fait et que je réaliserai... c'est pourquoi j'avais hâte de venir m'installer... Ce premier étage était occupé par un médecin, le docteur Prémontal, qui justement quittait son appartement au terme... Aujourd'hui 15, l'Esculape est parti et immédiatement je l'ai remplacé... (Avec force.) Me voilà dans *ma* maison... ce plafond qui nous abrite c'est *mon* plafond !... ce parquet que je foule, c'est *mon* parquet ! vous avez beau dire, ça fait du bien d'être dans *ses* murs... J'ai une courbature, mais je ne la sens pas !...

MADAME BLONDEAU.

Vous êtes heureux.

BLONDEAU.

Et tout ça je l'ai payé... argent comptant... argent gagné par mon travail, mon intelligence...

MADAME BLONDEAU, avec hauteur.

C'est bon, mon ami... vous parlez toujours de votre fortune.

BLONDEAU.

Et pourquoi n'en parlerais-je pas ?... n'est-ce pas grâce à elle, Agathe, que j'ai obtenu votre main... votre père, M. de Castel-Bombé... beau nom, mais pas le sou...

MADAME BLONDEAU, froissée.

Monsieur !

BLONDEAU.

Pas le sou.. vous êtes ruinés depuis la seconde croisade... Il n'y a pas de déshonneur à ça... Votre père voulait un gendre riche... moi de mon côté j'étais fier de m'allier à une famille noble et voilà comment notre mariage s'est fait.

MADAME BLONDEAU.

Vous en plaignez-vous?

BLONDEAU.

Nullement... tu es beaucoup trop charmante... (Il l'embrasse.) Mais de ton côté tu ne peux pas te plaindre non plus... j'ai arrondi ma pelote et quant à cette maison c'est de l'argent bien placé... Tout est parfaitement loué... Tiens! ça me fait penser que le concierge, (Se reprenant.) *mon* concierge, vient de me remettre la liste de *mes* locataires...

MADAME BLONDEAU, se rapprochant vivement ainsi qu'Anna.

Ah! voyons un peu.

BLONDEAU.

C'est intéressant, n'est-ce pas?... (Lisant sur un papier qu'il tire de sa poche.) Voilà la chose... Au rez de-chaussée nous avons M. Martin coiffeur... (S'interrompant.) S'il n'y avait pas tant de Martin, j'aurais pu croire...

MADAME BLONDEAU.

Quoi donc?

BLONDEAU, vivement.

Non, non, rien... (Reprenant.) Coiffeur, spécialité pour dames... Observation : un des plus anciens locataires de la maison... loyer peu élevé... il est à fin de bail...

MADAME BLONDEAU, vivement.

Alors, il faudra l'augmenter.

BLONDEAU.

Naturellement... Je connais mes devoirs!... (Reprenant sa lecture.) Au premier le docteur Prémontal... passons... il n'y est plus puisque j'y suis... (Reprenant.) Au deuxième madame la baronne de Sainte-Amaranthe...

ANNA.

Une baronne!

BLONDEAU.

Oui, une femme du monde... du grand monde!

MADAME BLONDEAU.

Et de mari il n'y en a donc pas?

BLONDEAU.

Il n'y en a plus... C'est une veuve... (Reprenant.) Au troisième, M. Bonpérier huissier.

MADAME BLONDEAU, vivement.

Bonpérier... Attendez donc... c'est lui qu'a épousé une de mes bonnes amies de pension... Hortense Frontillac... une petite provençale très vive... très ardente... je serais enchantée de la revoir...

BLONDEAU.

Ce sera facile... (Reprenant.) Au quatrième, M. Riflardini... ténor au Théâtre-Italien.

ANNA.

Un artiste célèbre... on dit qu'il a l'ut de poitrine.

BLONDEAU.

Il l'a... et il le garde!... (Continuant à lire.) Au cinquième, madame Volpinson, modiste... grande modiste... elle occupe une demi-douzaine d'ouvrières... Au sixième, les chambres de bonnes... et au-dessus. .

ANNA, étonnée.

Au-dessus... il y a encore quelque chose?

BLONDEAU.

Il y a le toit! *mon* toit!... ou plutôt (Les enlaçant de ses bras chacune d'un côté, avec force.) *notre* toit!

MADAME BLONDEAU.

Ma parole, vous en deviendrez fou!

BLONDEAU.

De satisfaction... c'est possible... (Avec force.) Enfin je vais donc vivre heureux et tranquille! sans tracas, sans ennuis! libre et indépendant! C'est l'Eldorado! et franchement se procurer l'Eldorado pour deux cent quatre-vingt mille francs plus les frais, ce n'est pas cher!

MARIETTE, rentrant avec un gros bouquet.

Voilà ce qu'on vient d'apporter... c'est le bouquet de M. Ernest Dutilleul pour mademoiselle...

BLONDEAU.

Ah! ah! Donne-le à ma fille.

MARIETTE, le donnant à Anna.

Tenez, mademoiselle... il est plus gros que celui de la semaine dernière... Il s'est fendu cette fois-ci, votre prétendu.

BLONDEAU, sévèrement.

Eh bien, Mariette, qu'est-ce que c'est que ces réflexions à l'égard de mon futur gendre?

MARIETTE.

C'est bon, monsieur, on se tait. (En s'en allant et entre ses dents.) Dans tous les cas, il est plus frais que lui son bouquet!

Elle sort.

BLONDEAU.

Ces fleurs nous annoncent l'arrivée de Dutilleul, généralement elles le précèdent de cinq minutes.

MADAME BLONDEAU, regardant autour d'elle.

Il tombe bien... au milieu de ce désordre...

BLONDEAU.

Bah! à la guerre comme à la guerre... (A Anna.) Si tu le mettais dans l'eau... (Anna le regarde étonnée.) son bouquet. (A part.) Qu'est-ce qu'elle avait donc compris?

ANNA.

Son bouquet?... (Le jetant avec indifférence sur un meuble.) Pourquoi faire?

BLONDEAU.

Eh quoi! c'est ainsi que tu traites les cadeaux de l'homme que tu vas prendre pour époux...

ANNA.

C'est-à-dire que c'est vous qui avez arrangé ce mariage... Est-ce que vous y tenez beaucoup, papa, à ce que j'épouse votre M. Dutilleul?

BLONDEAU.

Certainement... C'est un excellent parti... Il est jeune, riche, élégant...

ANNA.

Oh!... jeune on ne s'en douterait guère... il n'a déjà plus de cheveux sur la tête...

BLONDEAU.

Qu'importe!... Crois-tu donc qu'une chevelure abondante soit indispensable pour faire le bonheur d'une femme?

ANNA, faisant la moue.

Enfin, que voulez-vous, il me semble fané!

BLONDEAU.

Fané! il est peut-être un peu défraîchi... mais voilà tout... la vie de garçon!... nous avons tous passé par là... mais le mariage le retapera.

ANNA.

Charmante perspective!

On entend au dehors la voix de Dutilleul qui dit : C'est bien... je le trouverai...

BLONDEAU.

C'est Dutilleul... (Il va au fond. — On entend un grand bruit de porcelaine cassée et Dutilleul qui entre en trébuchant, s'étale tout de son long au seuil de la porte.) Il entre toujours comme çà... (Le relevant.) Vous ne vous êtes pas fait de mal?

SCÈNE IV

LES MÊMES, ERNEST DUTILLEUL, mis à la dernière mode, pince-nez, une canne.

DUTILLEUL, se relevant.

Diable de potiche... je ne l'avais pas vue... (A Blondeau.) Ça ne sera rien... ça se recolle... (S'avançant.) Je vous demande mille pardons... de me présenter... (Il se heurte contre un paquet), à Blondeau lui donnant une poignée de main.) Ça va bien du reste?.. (Saluant madame Blondeau.) Madame, à l'anglaise si vous voulez bien le permettre... (Il lui donne une poignée de main. — Se retournant et apercevant Anna.) Eh! c'est mon adorable future... Mille pardons... je ne vous avais pas vue.

ANNA.

Il ne voit rien.

DUTILLEUL.

Nous sommes tous si myopes... C'est très bon genre... (Allant vivement à elle.) Je suis heureux, chère Anna... de voir s'avancer le jour... le grand jour... (Il met sans s'en apercevoir le pied dans un carton à chapeau.) Oh!

ANNA, poussant un cri.

Mon chapeau neuf!

BLONDEAU.

Ah! bon!

DUTILLEUL, ramassant le carton.

Désolé... je ne l'avais pas aperçu... (Cherchant à redonner une forme au chapeau.) Ce ne sera rien... ça se recolle...

ANNA, le lui prenant des mains.

Mais c'est une galette... (Allant à madame Blondeau.) Voyez donc, belle-maman...

MADAME BLONDEAU.

Console-toi... je t'en achèterai aujourd'hui même... nous irons chez une modiste.

BLONDEAU.

Une modiste... dans ma maison... au cinquième...

DUTILLEUL.

Comme ça se trouve... je suis désolé...

Il trébuche contre le panier et va tomber à plat ventre sur un gros paquet à droite.

MADAME BLONDEAU et ANNA, poussant un cri.

Ah!

BLONDEAU, l'aidant à se relever.

Vous ne vous êtes pas fait de mal?

DUTILLEUL.

Non... (Toussant très fort.) Heu! heu! heu!...

MADAME BLONDEAU.

Eh! mon Dieu!

DUTILLEUL, toussant plus fort.

Ce n'est rien... un peu de bronchite... nous en avons tous. . C'est très bon genre... (Tirant une fiole de sa poche.) Je prends du sirop de Flon... (Il boit.) Je suis aux regrets... mais tout prêt à réparer... Et tenez... (Tirant un papier de sa poche.) ceci aidera à me faire pardonner ma maladresse... J'ai pensé vous être agréable en vous apportant une loge pour les Italiens.

MADAME BLONDEAU.

Ah! vraiment.

BLONDEAU.

Attention délicate.

DUTILLEUL.

Vous entendrez le fameux ténor, le célèbre Rillardini.

BLONDEAU, avec orgueil, se rengorgeant.

C'est un de mes locataires, il demeure dans ma maison.

DUTILLEUL.

Ah! bah (Aux dames.) Il chante ce soir pour la première fois... *Il Trovatore*. (Avec la prononciation anglaise.) *Grett ettreckchione*.

BLONDEAU.

Vous dites?

DUTILLEUL, répétant.

Grett ettreckchione...

BLONDEAU.

Ah bon! bon... moi j'ai toujours dit : (Prononçant à la manière française.) Great attraction...

DUTILLEUL.

Les Anglais disent *grett...*

BLONDEAU, l'interrompant.

Parbleu!... parce qu'ils y sont obligés... par patriotisme... mais s'ils étaient libres ils prononceraient comme moi.

MADAME BLONDEAU.

Et moi qui ne suis pas coiffée...

DUTILLEUL.

Voulez-vous me permettre d'aller vous chercher un coiffeur?...

BLONDEAU, vivement.

Dans ma maison. • il y en a un dans ma maison.

DUTILLEUL.

Ah çà! mais il y a donc de tout dans votre maison?

MARIETTE, entrant vivement.

Monsieur.

BLONDEAU.

Quoi? Qu'est-ce qu'il y a?

MARIETTE.

C'est l'huissier du troisième qui veut vous parler...

BLONDEAU.

Plus tard... je ne peux pas le recevoir.

MARIETTE.

Non, monsieur, pas plus tard... il paraît que c'est très pressé...

BLONDEAU.

C'est différent... un propriétaire se doit à ses locataires... fais-le entrer... (Mariette sort. — A Dutilleul.) Vite, vite, Ernest, rangez un peu par là... faisons de la place...

Il pousse les malles et les paquets qui sont de son côté vers la droite.

DUTILLEUL.

Oui, beau-père... (Poussant de son côté divers colis vers la gauche.) Homme de peine maintenant!... (Poussant les meubles.) Heureusement que je porte de la flanelle!...

MARIETTE, au fond à Bonpérier.

Entrez, monsieur...

SCÈNE V

Les Mêmes, BONPÉRIER.

BONPÉRIER, entrant vivement un code sous le bras et saluant.

Pardon de vous déranger...

DUTILLEUL, à part.

Bonpérier!... diable!...

BONPÉRIER.

C'est à M. Blondeau que j'ai l'honneur?...

BLONDEAU, avec importance.

A lui-même, monsieur.

DUTILLEUL, à part.

Evitons-le!... (A Anna.) Je vais faire prévenir le coiffeur!

Il s'esquive par le fond et tombe à plat ventre en sortant.

BONPÉRIER, se retournant.

Hein?

BLONDEAU.

Ne faites pas attention... Il sort toujours comme ça...

BONPÉRIER, à Blondeau.

Enchanté de faire la connaissance de mon nouveau propriétaire.

BLONDEAU.

Croyez bien que de mon côté...

BONPÉRIER.

Je vois avec plaisir que vous ne ressemblez pas à l'ancien qui était toujours à la campagne et qu'on ne pouvait jamais trouver quand on avait une réclamation à lui adresser.

BLONDEAU.

Ah! c'est pour une réclamation...

BONPÉRIER.

Oui, monsieur, le code à la main... fort de mon droit!... (S'échauffant et frappant sur son code.) fort de mon droit!... Il s'agit... (Remarquant Anna.) Mais, pardon, mademoiselle votre fille sans doute?...

BLONDEAU.

Oui, monsieur...

BONPÉRIER.

Il serait peut-être convenable qu'elle voulût bien s'éloigner...

BLONDEAU.

Ah! ah! Alors c'est donc un peu...?

BONPÉRIER.

Ça l'est beaucoup.

BLONDEAU, à sa fille.

Tu entends, Anna.

ANNA.

Oui, papa... Je me retire...

Elle sort par la droite.

BLONDEAU, à Bonpérier.

Est-ce que ma femme... aussi?

BONPÉRIER.

Non... non... madame peut rester.

SCÈNE VI

BLONDEAU MADAME BLONDEAU, BONPÉRIER.

BONPÉRIER.

J'irai droit au fait.

BLONDEAU, cherchant autour de lui.

Je vous offrirais bien un siége...

BONPÉRIER, se posant.

C'est inutile... Je viens, au nom de la morale violemment outragée, vous requérir de faire cesser un scandale intolérable dont votre maison est le théâtre!

BLONDEAU.

Un scandale dans ma maison!

MADAME BLONDEAU.

Parlez.

BONPÉRIER, montrant le plafond.

Ici, au-dessus de votre tête, vous avez pour locataire une dame...

BLONDEAU.

La baronne de Sainte-Amaranthe... une femme du plus grand monde... une femme très comme il faut.

BONPÉRIER.

Une drôlesse!

BLONDEAU et MADAME BLONDEAU.

Hein?

BONPÉRIER.

Pardon du terme, il est vif, mais d'une rigoureuse exactitude... et je le prouve!... Madame de Sainte-Amaranthe, soi-disant veuve n'est pas veuve... il n'y a jamais eu de baron de Sainte-Amaranthe... première infraction, tromperie sur la qualité de la marchandise... Article 4576... (Ouvrant son code.) Il est corné... (Le montrant.) Le voilà!... mais ceci n'est rien... Qu'est-ce que cette baronne de pacotille?... Une cocotte!...

MADAME BLONDEAU.

Une...

BONPÉRIER.

Pardon du terme... oui, une cocotte de la haute volée... et je le prouve!... Le luxe s'épanouit dans son appartement... les diamants ruissellent sur ses épaules... Qui lui fournit ce luxe?... qui lui prodigue ces joyaux?... Un étranger, pris dans ses lacs voluptueux... un homme marié!... seconde infraction... Captation par des moyens frauduleux... Article 8371. (Ouvrant son code.) Il est corné... (Le montrant.) Le voilà!

MADAME BLONDEAU.

C'est indigne!

BLONDEAU.

C'est léger en tous cas.

BONPÉRIER.

Sans compter qu'elle est du dernier mieux... vous entendez, du dernier mieux avec M. Riflardini.

BLONDEAU.

Le ténor du quatrième?

BONPÉRIER.

L'amant de cœur... mais ceci n'est rien encore et...

BLONDEAU, effrayé regardant sa femme.

Permettez...

BONPÉRIER.

Soyez sans crainte .. je sais habiller ma pensée... (Reprenant.) Ceci n'est rien, dis-je, et je le prouve... Cette femme n'a pas la moindre retenue... ainsi dernièrement dans votre escalier.., dans votre propre escalier... je dis propre, il ne l'est pas toujours... mais c'est la faute du concierge.

BLONDEAU.

Il le sera à l'avenir...

BONPÉRIER.

Je l'espère... sans y compter... dans votre escalier, dis-je, me rencontrant un jour avec elle, je marche par mégarde sur la patte de Léopold... son griffon... ce qui peut arriver à tout le monde, même à un huissier... fureur de cette dame qui se retourne en m'appelant : vieux melon!

MADAME BLONDEAU.

Oh!

BLONDEAU.

Diable!

BONPÉRIER.

Vieux melon!... Moi un officier ministériel! Vieux melon!... Et remarquez qu'il y avait du monde sur toutes les portes... Injure grave... dans un escalier... lieu public... Article 43573 et suivants... (Ouvrant son code.) Ils sont cornés. (Les montrant.) Les voilà!... Je ne marche que le code à la main!... Quant à mes conclusions elles sont nettes... Un de nous deux doit vider les lieux... pardon du terme...C'est un choix à faire entre cette femme et moi.

BLONDEAU.

Voyons... ne pourrait-on pas au moyen d'une transaction?...

BONPÉRIER.

Pas de transactions!

MADAME BLONDEAU.

Non.

BONPÉRIER.

La morale avant tout!

MADAME BLONDEAU.

Certainement... (A son mari.) et je ne comprends pas que vous hésitiez...

BLONDEAU, vivement.

Non, non... du moment que c'est ton avis je n'hésite plus... (A Bonpérier.) Je vous sacrifie la baronne.

BONPÉRIER.

A la bonne heure! Nous avons jusqu'à ce soir pour lui signifier son congé... Je m'en charge... (Se dirigeant vers le fond.) Vous permettez...

MADAME BLONDEAU.

Un mot seulement. Veuillez dire à madame Bonpérier que je me propose d'aller tout à l'heure lui rendre visite.

BONPÉRIER, un peu étonné.

A ma femme?

MADAME BLONDEAU.

Hortense Frontillac, n'est-ce pas?

BONPÉRIER.

Oui. Comment savez-vous?...

MADAME BLONDEAU.

C'est une de mes amies de pension.

BONPÉRIER.

Ah bah! (Embarrassé.) Et vous désirez...?

MADAME BLONDEAU.

Renouveler connaissance.

BONPÉRIER, très embarrassé.

Oui... certainement... c'est que... pourtant si vous y tenez... comme vous voudrez... Mais pardon, il n'y a pas de temps à perdre pour ce congé... (En s'en allant.) Ah! ah! chère baronne... Vieux melon!... Nous allons rire!...

Il sort.

BLONDEAU, le regardant sortir.

Il ne peut pas digérer le melon.

SCÈNE VII

BLONDEAU, MADAME BLONDEAU.

BLONDEAU, soupirant.

Allons!... déjà une locataire de moins!...

MADAME BLONDEAU.

N'allez-vous pas la regretter?

BLONDEAU.

Non, mais...

MADAME BLONDEAU.

Mais quoi?... Vous souffririez que moi, une Castel Bombé, je fusse exposée à frôler une biche.

BLONDEAU.

Mais non, mais non, mais non... je ne veux pas que tu frôles des biches... je ne le souffre pas... puisque je la renvoie.

MADAME BLONDEAU.

C'est fort heureux. Tenez, laissons cela, je vais m'occuper de ma toilette... quand le coiffeur viendra vous me l'enverrez.

BLONDEAU.

Oui, ma bonne.

Madame Blondeau entre à gauche.

SCÈNE VIII

BLONDEAU, puis DUTILLEUL et MARTIN.

BLONDEAU, à l'avant-scène.

C'est égal... elle a beau dire ma femme, c'est désagréable de débuter dans mes fonctions par un acte de rigueur... moi qui voulais être malléable.

DUTILLEUL, entrant par le fond.

Beau-père, j'amène le coiffeur.

BLONDEAU.

Ah bon! qu'il entre... on l'attend...

DUTILLEUL, au fond.

Entrez, monsieur Martin. (A Blondeau.) Moi je vais tâcher de retrouver ma future... (Il se dirige vivement vers la droite et se heurte contre un ballot.) Oh!

Il prend son élan et saute par-dessus. — Il sort.

BLONDEAU.

Il s'y fait! (Martin entre par le fond, il a un peigne sur l'oreille et tient à la main des fers à friser. — A l'avant-scène.) Martin... ce diable de nom me fait un effet. Ah bah! il y en a tant.

SCÈNE IX

BLONDEAU, MARTIN.

MARTIN, s'avançant.

On m'a fait l'honneur de me demander.

BLONDEAU, *se retournant.*

Oui, mon ami.

MARTIN, *poussant un cri.*

Tiens! (*Allant vivement à Blondeau.*) Comment c'est toi, Auguste!

BLONDEAU.

Adolphe!... C'était mon Martin!... Quelle tuile!

MARTIN, *avec élan.*

Ah! mon pauvre vieux!... (*Lui serrant la main avec effusion.*) Ça me fait plaisir de retrouver un ancien copain du rasoir!

BLONDEAU, *effrayé.*

Tais-toi! tais-toi!... Je t'en prie... je suis marié... et si ma femme... une Castel Bombé... apprenait que j'ai été dans le temps garçon coiffeur...

MARTIN, *plus bas.*

Bon! bon! compris... Je suis muet... Alors tu as prospéré... te voilà maintenant mon propriétaire... je t'en félicite... ça vaut mieux que lorsque nous étions tous deux dans la même boutique de perruquier... te rappelles-tu?

BLONDEAU, *inquiet.*

Oui... oui...

MARTIN.

Sauf, par exemple, que nous étions un peu plus jeunes... et pas mal tournés... Dis donc, en avons-nous fait de ces malheureuses à cette époque.

BLONDEAU, *même jeu.*

Pas si haut!...

MARTIN, *plus bas.*

N'aie pas peur... je mets une sourdine... Sais-tu bien que je devrais même t'en vouloir à mort.

BLONDEAU.

Pourquoi?

MARTIN.

A cause de la petite Bianca, cette chanteuse de café-concert... (Lui donnant une poussade et riant.) Tu me l'as soufflée, gredin !

BLONDEAU, avec un peu plus d'abandon.

Qu'est-ce que tu veux... elle m'adorait!...

MARTIN.

Et vous avez filé ensemble...

BLONDEAU.

Pour Bordeaux... oui... où Bianca s'est engagée à l'Alcazar... et où elle m'a été enlevée à mon tour par un chanteur de la troupe, un nommé Dupiton.

MARTIN.

Cette femme-là avait l'humeur changeante.

BLONDEAU.

Mais je m'en suis bien vengé par exemple.

MARTIN.

Bah! Comment cela?...

BLONDEAU.

Le lendemain même de mon malheur, dans la salle de l'Alcazar, au moment où Dupiton chantait sur l'estrade, je me levai, ostensiblement, au milieu de l'orchestre, et mettant mes doigts comme ça, (Il les réunit sur sa bouche.) je le sifflai outrageusement.

MARTIN.

Très bien.

BLONDEAU.

Il devint écarlate et voulut bondir sur moi .. mais, prûtt! j'étais déjà loin... Il me chercha partout dans la ville et j'appris qu'il avait juré de me souffleter la première fois qu'il me rencontrerait.

MARTIN.

Bigre!

BLONDEAU.

Je ne lui donnai pas cette satisfaction, car dès le lendemain matin je pris le premier train pour Paris où, abandonnant mon premier état, j'entrai chez un fabricant de queues de boutons... ce qui, entre parenthèse, devint l'origine de ma fortune.

MARTIN.

Et Bianca? Qu'est-elle devenue?...

BLONDEAU.

Bianca .. d'abord elle lâcha le Dupiton...

MARTIN.

La force de l'habitude.

BLONDEAU.

Et depuis, elle réussit, à ce qu'il paraît, à se faire épouser par un vieux major portugais, le marquis Barraméda, qu'elle parvint à convaincre de sa vertu.

MARTIN.

Voilà un Portugais qui a eu de la chance!

BLONDEAU.

N'est-ce pas?... Enfin, tout ça c'est de l'histoire ancienne... Silence là-dessus! car je te le répète, si ma femme apprenait...

MARTIN.

Sois donc tranquille...

SCÈNE X

LES MÊMES, MADAME BLONDEAU.

MADAME BLONDEAU, entrant par la droite.

Est-ce que ce coiffeur n'est pas monté?...

BLONDEAU, à Martin.

Hum! hum!...

MARTIN, bas.

Ta femme... bon! Je ne te connais plus?...

BLONDEAU, montrant Martin.

Si, ma bonne, le voilà... C'est moi qui le retenais... nous causions un peu.

MARTIN, à part.

Attends, toi!... A mon tour. (Haut.) Oui, nous causions de ma boutique.

MADAME BLONDEAU, souriant en regardant Blondeau.

Bien... bien...

MARTIN.

Me voici à fin de bail... et au moment de le renouveler, M. Blondeau avait l'obligeance de me promettre une diminution sur mon loyer.

MADAME BLONDEAU.

Une...

BLONDEAU.

Qu'est-ce qu'il dit?... Moi, je...

MARTIN.

Vous me l'avez promise... à l'instant... voyons, vous ne pouvez pas dire le contraire... (A mi-voix.) Tu ne peux pas dire...

BLONDEAU, effrayé.

Chut... (Haut.) Oui... oui... c'est vrai.

MADAME BLONDEAU.

Mais vous vouliez au contraire l'augmenter?

MARTIN, à part.

Ah! le gredin!

BLONDEAU, embarrassé.

Je le voulais... d'abord... mais il vient de me démontrer qu'il payait trop cher...

MARTIN.

Beaucoup trop cher.

BLONDEAU.

Alors... désireux d'être malléable... j'ai cédé... (A part.) Animal!. .

MARTIN.

C'est comme pour les réparations... il me remet tout à neuf.

MADAME BLONDEAU.

Tout à neuf.

BLONDEAU, surpris.

Moi, je...

MARTIN.

Et ça en a besoin... vous l'avez constaté vous-même. (A mi-voix.) Tu l'as constaté...

BLONDEAU, vivement.

Oui... oui... c'est vrai... Oh! c'est dans un état... (Avec fureur, à part.) Pieuvre!

MADAME BLONDEAU.

Enfin, ceci vous regarde... (A Martin.) Si vous voulez me suivre...

Elle entre à gauche.

MARTIN, la suivant.

A vos ordres, madame. (Avant de sortir, à Blondeau.) Ah! farceur!... tu m'as enlevé Bianca et tu as cru que tu en serais quitte à bon marché... Je te tiens, mon bonhomme!

Il entre à gauche.

BLONDEAU, un instant seul.

Je te tiens, mon bonhomme!... Cette phrase est grosse de menaces... Me voilà gentil avec ce satané Martin... Il a une arme contre moi... le rasoir de mes jeunes années!... et il le brandit sans ménagements, le gredin!... Le diable soit du hasard qui en a fait mon locataire.

MARTIN, reparaissant, il tient à la main les faux cheveux de madame Blondeau qu'il est en train de démêler.

J'ai oublié mes ciseaux chez moi... (A Blondeau lui donnant les cheveux et le peigne.) Tiens, toi qui es du métier, continue-moi ça... Je remonte... tout de suite.

Il sort vivement.

BLONDEAU, les cheveux et le peigne à la main.

Comment!... (Peignant les cheveux avec fureur.) C'est trop fort!...

SCÈNE XI

BLONDEAU, BONPÉRIER, puis MARTIN.

BONPÉRIER, entrant.

Ça y est!... elle l'a!... mon clerc vient de se rendre chez elle... (Etonné.) Qu'est-ce que vous faites là?...

BLONDEAU, embarrasé.

Vous voyez... je m'amusais... pour passer le temps.

MARTIN, revenant vivement et prenant les cheveux des mains de Blondeau.

Je les avais sur moi!... merci!... donne-moi ça...

Il entre à gauche.

BONPÉRIER, très étonné.

Comment! ce perruquier vous tutoie!...

BLONDEAU.

Hum!... lui... mais non...

BONPÉRIER.

J'avais cru...

BLONDEAU.

C'est une erreur... (A part.) Oh! il faut que je lui recommande de se tenir mieux que cela... (A Bonpérier.) Pardon si je vous laisse... un jour d'emménagement, vous savez...

BONPÉRIER.

Faites donc... faites donc...

BLONDEAU, en sortant.

Quand je devrais lui donner sa boutique pour rien!...

Il sort par la gauche.

BONPÉRIER, au fond sur le point de sortir.

C'est singulier... il me semblait bien cependant...

SCÈNE XII

BONPÉRIER, ANNA, DUTILLEUL.

ANNA, entrant vivement suivie de Dutilleul.

Laissez-moi donc tranquille!...

DUTILLEUL.

Anna! vous êtes féroce à mon égard...

BONPÉRIER, qui allait sortir, s'arrêtant.

Eh mais, c'est Dutilleul...

Il reste au fond.

DUTILLEUL.

Pourtant, je suis votre fiancé.

BONPÉRIER, à part.

Ah bah!

ANNA, en riant.

Qui sait?... c'est peut-être pour cela...

DUTILLEUL, voulant la retenir.

Ecoutez-moi...

ANNA, se dégageant.

Plus tard... nous aurons bien le temps de causer quand nous serons mariés...

Elle s'esquive par la gauche.

SCÈNE XIII

DUTILLEUL, BONPÉRIER.

BONPÉRIER, s'avançant.

Ah! ah! Ernest, nous disons donc adieu à la vie de garçon.

DUTILLEUL, contrarié.

Bonpérier... que le diable l'emporte!... (Haut.) Oui... (Lui tendant la main.) Ça va bien?

BONPÉRIER.

Très bien... et vous?... ça va mieux?... vous étiez bien fatigué quand nous nous sommes rencontrés à Trouville l'été dernier.

DUTILLEUL, tirant une boîte de sa poche.

Ereinté... c'est le mot... je prends du fer...

Il avale une pilule et remet la boîte dans sa poche.

BONPÉRIER.

Voilà ce que c'est que d'avoir mené la vie à grandes guides, mon gaillard.

DUTILLEUL.

Aussi vous le voyez, j'enraie... Je vais me marier... ma dernière conquête aura été cette séduisante baronne de Sainte-Amaranthe avec laquelle vous m'avez vu là-bas... sur la plage... Une bien adorable femme... (Il tousse.) bien adorable... (Il tousse.) C'est une quinte... Je prends du sirop de Flon...

Il tire son flacon de sa poche et en boit une gorgée.

BONPÉRIER, à part.

C'est toute une pharmacie qu'il a dans ses poches...

DUTILLEUL, avec lyrisme.

La baronne, mon cher, ç'a été mon chant du cygne.

BONPÉRIER, riant.

Du cygne, vous dites cela parce qu'elle vous a plumé.

DUTILLEUL.

C'est vrai... complétement...; mais ce qui est plus bête, c'est que je lui ai fait cadeau d'un médaillon contenant mon portrait an dos duquel, avec une plume trempée dans du phospliore, j'ai inscrit une promesse de mariage...

BONPÉRIER.

Im...prudent!

DUTILLEUL.

Vous alliez dire imbécile... allez, allez, dites-le...

BONPÉRIER, poliment.

Pour vous faire plaisir alors...

DUTILLEUL.

Et maintenant je cherche tous les moyens possibles pour ravoir ce médaillon.

BONPÉRIER.

Mais c'est bien facile... vous n'avez pour ça qu'un étage à monter...

DUTILLEUL, bondissant.

Qu'est-ce que vous dites? la baronne... ici?

BONPÉRIER.

Au second... vous ne le saviez pas?...

DUTILLEUL.

Fichtre!... si mon beau-père allait apprendre... Je cours... Bonpérier, je compte sur votre discrétion.

BONPÉRIER.

Parbleu!

DUTILLEUL.

Et quant à ce médaillon, il me le faut à tout prix!...

Il sort comme un fou par le fond après avoir trébuché contre divers objets.

BONPÉRIER, le regardant sortir.

Ça te coûtera peut-être un peu cher!

SCÈNE XIV

BONPÉRIER, BLONDEAU, MARTIN, puis MADAME BLONDEAU, ANNA et MARIETTE.

MARTIN, sortant de gauche avec Blondeau.

Comme loyer, ça me va.

BLONDEAU.

Je crois bien... gratis!...

MARTIN.

Mais il y a la patente, les impositions, le gaz... qui est-ce qui paiera tout ça ?

BLONDEAU, voyant redescendre Bonpérier.

Moi. (Lui serrant le bras.) Tais-toi!

MARTIN, à lui-même, enchanté.

Allons, ça marche très bien...

Il sort par le fond.

MADAME BLONDEAU, entrant avec Anna, elles ont changé de robes.

Ah! monsieur Bonpérier, nous nous disposions à monter chez vous.

BONPÉRIER, lui offrant son bras.

Si vous voulez me permettre de vous y conduire...

MARIETTE, entrant, une lettre à la main.

Monsieur, un petit mot de la dame d'au-dessus...

BLONDEAU.

De la baronne... Qu'est-ce qu'elle me veut?... (Lisant.) « Monsieur, vous m'avez donné congé, c'est bon! attendez et écoutez!... » Que j'écoute, quoi?

BONPÉRIER.

Je ne sais pas... elle vous ménage une surprise... (On frappe trois coups au plafond.) Ah!... tenez... elle frappe les trois coups... ça va commencer.

A ce moment on entend tout à coup un bruyant charivari composé du son d'un piano, sur lequel on joue avec frénésie le quadrille d'*Orphée aux enfers*, de casseroles qu'on entrechoque et de coups de manche à balai frappés au plafond.

BLONDEAU.

Quel tapage!

MADAME BLONDEAU.

Quel vacarme!

MARIETTE, se trémoussant malgré elle.

Tiens, c'est drôle!

BLONDEAU.

Mariette!... Oh mais, c'est infernal!... est-ce que ça va durer longtemps comme ça?...

BONPÉRIER.

Si vous croyez qu'elle va s'arrêter... vous ne la connaissez pas!... et quand elle devrait démolir votre immeuble...

BLONDEAU.

Démolir mon... (Tapage crescendo au-dessus.) Ah! il faut que ça finisse!... Je monte chez elle et nous allons bien voir... (Avant de sortir.) Eh bien! j'en ai de l'agrément dans ma maison!...

Il sort pendant que le vacarme redouble.

Rideau.

ACTE DEUXIÈME

Le théâtre représente un boudoir très élégant et très luxueux, tendu de soie bleue capitonnée. — Porte au fond. Porte dans les pans coupés. — Deux autres petites portes perdues dans la tenture au premier plan. — A gauche, une cheminée. — A droite, un piano. — Canapé, fauteuils, toilette, poufs, guéridon, etc.

SCÈNE PREMIÈRE

MADAME DE SAINTE-AMARANTHE, DUTILLEUL, FROSINE.

Au lever du rideau, madame de Sainte-Amaranthe, en peignoir élégant, est au piano et joue avec frénésie le quadrille d'*Orphée aux enfers.* — Dutilleul au milieu du théâtre frappe avec des pincettes sur un grand plateau en ruolz, et Frosine à gauche, tape en cadence sur le parquet avec un manche à balai.

MADAME DE SAINTE-AMARANTHE, au piano.

Crescendo, mes enfants, crescendo !...

DUTILLEUL.

Encore plus fort ?... (Il frappe à tour de bras ; d'un ton suppliant.) Mais vous me rendrez mon médaillon ?

MADAME DE SAINTE-AMARANTHE, tout en jouant.

Nous verrons... tapez toujours... vous n'allez pas, mon cher...

DUTILLEUL, tapant.

Je fais ce que je peux... (A part.) Si mon beau-père me voyait !...

MADAME DE SAINTE-AMARANTHE, tout en jouant.

Ah! il m'a donné congé!... ah! il me renvoie!... (Redoublant de force.) Tiens!... tiens! c'est ce Bonpérier, j'en suis sûre... ce fantoche tournait autour de moi en faisant des grâces... Je l'ai prié d'aller porter ailleurs ses exploits... amoureux... parce qu'un huissier... oh! non!... (Sur un bruyant accord.) Jamais!... mais allez donc!...

Ils vont pour recommencer lorsqu'on entend un violent coup de sonnette. — Ils s'arrêtent tous les trois.

FROSINE.

On a sonné.

MADAME DE SAINTE-AMARANTHE.

Va voir.

Frosine sort un instant

DUTILLEUL.

Caroline, j'ai fait tout ce que vous avez voulu... j'en ai mal à la saignée et je crois que j'ai bien mérité...

MADAME DE SAINTE-AMARANTHE.

C'est bon. (Lui donnant le médaillon.) Tenez, le voici... si vous croyez que j'y tiens, à vos faciès de papier mâché...

DUTILLEUL, avec joie.

Merci pour cette bonne parole !...

FROSINE, rentrant vivement.

Madame, c'est le propriétaire...

DUTILLEUL, bondissant.

Mon beau-père!... saprelotte!... s'il me rencontrait ici... (Entrant vivement à gauche premier plan.) Ne lui dites pas que vous m'avez vu.

Il s'enferme.

MADAME DE SAINTE-AMARANTHE.

Ah! ah!... c'est M. Blondeau... tant mieux... (A Frosine.) Tu vas le recevoir... tu seras polie, mais sèche...

FROSINE.

Bien...

MADAME DE SAINTE-AMARANTHE.

Ma thèse est simple... je paie, j'ai le droit de faire ce que je veux chez moi.

FROSINE.

C'est évident...

MADAME DE SAINTE-AMARANTHE.

Et s'il n'est pas content...

FROSINE.

Il ne le sera pas...

MADAME DE SAINTE-AMARANTHE.

Tu l'enverras promener... (Se dirigeant vers la porte de gauche deuxième plan.) Ah! on me donne congé à moi!... (Avant de sortir.) Tu entends... polie, mais sèche!...

Elle entre à gauche.

FROSINE.

Soyez tranquille... (Allant au fond, ouvrant la porte et prenant un ton très froid.) Si monsieur veut bien se donner la peine...

SCÈNE II

FROSINE, BLONDEAU.

BLONDEAU entre très vivement, il a sa redingote boutonnée jusqu'au menton. — Avec force.

Madame, je vous intime l'ordre... (S'apercevant qu'il n'y a personne. — A Frosine.) Où est ta maîtresse?

FROSINE, d'un ton glacial.

Dans sa chambre.

BLONDEAU.

Je désire lui parler...

FROSINE.

Impossible...

BLONDEAU.

Pourquoi?

FROSINE.

Elle est en train de s'habiller...

BLONDEAU.

Qu'est-ce que ça fait?

FROSINE, baissant les yeux et d'un air pincé.

Oh! monsieur... vous n'y songez pas... et les convenances sociales...

BLONDEAU, avec éclat.

Les convenances sociales... ah! oui, parlons-en... elles les respecte bien les convenances sociales... témoin le joli tapage auquel elle se livrait tout à l'heure...

FROSINE.

Madame paie très exactement son loyer et il lui semble qu'elle a bien le droit de faire chez elle de la musique de chambre...

BLONDEAU.

De la musique de chambre!... elle appelle ça de la musique de chambre... un vacarme pareil!... Je ne connais guère qu'une seule chambre... (S'arrêtant.) mais je m'abstiendrai de la désigner, ne voulant pas m'engager sur le terrain brûlant de la politique!...

FROSINE, qui a ouvert la porte du fond.

Si monsieur veut revenir une autre fois...

BLONDEAU.

Du tout!... du tout!... et puisque ta maîtresse n'est pas visible en ce moment... (S'asseyant près du guéridon.) j'attendrai.

FROSINE.

Comme vous voudrez... mais ce sera peut-être long...

BLONDEAU.

Ça m'est égal!... (Regardant autour de lui.) C'est fort coquet ici... c'est ce qu'on appelle le boudoir?...

FROSINE, sèchement.

Oui, monsieur...

BLONDEAU.

Ayant passé ma vie dans les queues de boutons, je n'avais pas jusqu'à présent pénétré dans le sanctuaire d'une femme à la mode... (Aspirant l'air.) ça sent très bon l'iris... hein?

FROSINE, sèchement.

L'oppoponax...

BLONDEAU, s'enfonçant dans le fauteuil.

Des fauteuils d'un moelleux... et cette soie qui repose l'œil... le nid est charmant... (Moment de silence.) Dis donc... elle doit être jolie ta maîtresse?...

FROSINE.

On le dit... du reste, étendez la main...

BLONDEAU.

Où?...

FROSINE, montrant un album de photographies.

Là... sur le canapé... aux premières pages de cet album vous verrez les photographies de madame dans plusieurs costumes et diverses poses...

BLONDEAU, prenant vivement l'album.

Ah! ah! (L'ouvrant.) Oui... en grande toilette de soirée... superbe... des yeux magnifiques... une bouche mignonne... des bras sculpturaux!... c'est une belle femme!... (Passant à la seconde page.) Oh! oh! en peignoir rose... déshabillé du matin... qui ne l'est pas encore assez... la pose est admirable, d'un abandon...

FROSINE.

Très étudié...

BLONDEAU.

Mais bien artistique... (Tournant la page.) Oh! oh! oh!... costume de bains de mer... diable!... diable!... les épaules ont des contours... et cette jambe... (Tournant vivement la page.) Est-ce qu'il y en a encore d'autres?... non... ça c'est un homme... (Il regarde et pousse un cri étouffé.) Ah! mon Dieu!... (Se frottant les yeux.) Ce n'est pas possible... mais si...

FROSINE, approchant.

Quoi donc?

BLONDEAU, lui montrant l'album.

Qu'est-ce que c'est que ce portrait-là?...

FROSINE.

Ça... c'est la photographie de M. Riflardini...

BLONDEAU, stupéfait.

Riflar... qu'est-ce que tu dis?... c'est là Riflardini?

FROSINE.

Lui-même.

BLONDEAU.

Le ténor du quatrième?

FROSINE.

Parfaitement.

BLONDEAU.

Mais alors, c'est une ressemblance vraiment extraordinaire... j'ai connu dans le temps, un chanteur du nom de Dupiton...

FROSINE.

C'est lui.

BLONDEAU, avec éclat.

Comment, c'est lui...

FROSINE.

Dupiton, vous comprenez, c'était un nom impossible au théâtre... surtout dans la carrière italienne... tandis que Riflardini...

BLONDEAU, à part, désolé.

Et il demeure dans ma maison!... lui qui m'a promis une paire de soufflets quand il me rencontrerait... (Haut.) Ta maîtresse le connaît donc beaucoup?...

FROSINE, avec un sourire.

Beaucoup...

BLONDEAU, à lui-même.

Au fait, c'est vrai... Bonpérier me l'avait dit... (Haut.) et... et il vient quelquefois ici?...

FROSINE.

Tous les jours... après sa répétition... (Regardant la pendule.) Justement c'est son heure habituelle... Il ne va pas tarder à arriver...

BLONDEAU, cherchant autour de lui.

Où est mon chapeau?

FROSINE, écoutant.

Attendez!...

BLONDEAU.

Quoi?

FROSINE.

C'est son pas que j'entends dans l'escalier... je le reconnais.. je cours lui ouvrir.

Elle sort par le fond.

SCÈNE III

BLONDEAU, DUTILLEUL.

BLONDEAU.

Me trouver face à face avec lui!... oh! non! non!... évitons-le à tout prix...

Il ouvre la porte du premier plan à gauche.

DUTILLEUL, paraissant sur le seuil et apercevant Blondeau.

Oh!

Il referme vivement la porte sur lui.

BLONDEAU, stupéfait.

Hein?... Dutilleul là-dedans!... est-ce que je rêve?... (On entend au dehors Riflardini faire une gamme.) C'est lui!... (Avisant la porte de droite premier plan.) Ah!...

Il entre vivement à droite au moment où Riflardini paraît au fond avec Frosine.

SCÈNE IV

RIFLARDINI, FROSINE,
puis MADAME DE SAINTE-AMARANTHE.

Riflardini est très élégamment vêtu, maquillé, frisé, pommadé. — Il porte un foulard autour de son cou et entre en faisant des gammes.

FROSINE.

Madame est dans sa chambre, mais il y a là... (Regardant autour d'elle et s'apercevant que Blondeau n'est plus là.) Tiens, où est-il donc passé?

RIFLARDINI, se passant la main dans les cheveux.

Qu'est-ce que tu cherches?...

FROSINE.

Moi..., rien... je vous admire...

RIFLARDINI, lui donnant une petite tape sur la joue.

Elle est gentille, cette gamine... (Filant des sons.) Do, ré, mi, fa. (Satisfait.) Le fa sort bien. (Continuant en voix de tête.) La ou la, la ou la, ou la... (Il fait un couac. — Regardant autour de lui.) Il n'y a rien d'ouvert?

FROSINE.

Rien du tout...

RIFLARDINI.

Je crains les courants d'air... (Se posant devant la glace.) Quand on a le gosier sensible... (Il refait le nœud de sa cravate, tire un petit peigne de sa poche, s'arrange les cheveux et se lisse la moustache sans cesser un seul instant de faire des gammes et des traits vocaux.) La ou la, ou la, ou la, ou la.

MADAME DE SAINTE-AMARANTHE, entrant au moment où Riflardini termine une gamme brillante.

Bravo! la voix est bonne...

RIFLARDINI, allant à elle.

Vous trouvez, chère belle...

MADAME DE SAINTE-AMARANTHE.

Laissez-nous, Frosine...

FROSINE.

Je voulais vous dire...

MADAME DE SAINTE-AMARANTHE, avec impatience.

Allez, allez!

FROSINE, en s'en allant.

Ah! ma foi, tant pis!...

Elle sort par le fond.

SCÈNE V

RIFLARDINI, MADAME DE SAINTE-AMARANTHE, DUTILLEUL, à gauche, BLONDEAU, à droite.

RIFLARDINI.

Je suis brisé... ces répétitions me tuent... (Toussant légèrement.) Hum! hum!... il n'y a rien d'ouvert?

MADAME DE SAINTE-AMARANTHE.

Absolument rien...

RIFLARDINI.

Je le disais tout à l'heure à mon directeur : vous me tuez, mon bon... vous ne pourriez donc pas vous passer de moi aux répétitions?... que les autres y viennent, je le conçois... mais moi, pourquoi faire?... c'est idiot...

MADAME DE SAINTE-AMARANTHE.

Pauvre ami...

RIFLARDINI.

De plus, ma chère, je suis furieux... (Il s'interrompt et fait une gamme.) Sol, la, si, do, ré, mi, fa, sol, (Reprenant.) Absolument furieux... Figurez-vous, je viens de voir les affiches... c'est insensé... ils ont mis le titre de la pièce en plus gros caractères que mon nom!...

MADAME DE SAINTE-AMARANTHE, indignée.

Oh!...

RIFLARDINI.

C'est décourageant pour un artiste... je ne l'ai pas mâché à mon directeur... Est-ce que vous croyez, mon cher, lui ai-je dit, que vous êtes libre de manquer à tous les égards qui me sont dus parce que vous m'octroyez deux malheureux billets de mille francs par soirée!... C'est une vraie misère, mon bon... Pétersbourg m'offre cinq mille entièrement défrayé, la table, l'hôtel, deux domestiques... nègres, si je veux... les cigares, la croix de l'ordre du mérite et la reconstruction du théâtre pour que ma voix porte davantage...

MADAME DE SAINTE-AMARANTHE.

C'est superbe...

RIFLARDINI.

Par conséquent, si je donne la préférence à Paris, c'est uniquement pour la gloire, mais je la paie et elle me coûte cher... Eh bien, cet imbécile de directeur ne comprend pas ça...

MADAME DE SAINTE-AMARANTHE.

Il y a des gens d'un entêtement... Alors c'est affiché... vous jouez ce soir *Il Trovatore?*...

RIFLARDINI.

Oui.

MADAME DE SAINTE-AMARANTHE.

Comptez-vous faire beaucoup d'effet?...

RIFLARDINI.

Enormément... vous savez que je ne suis pas habitué à me vanter... d'abord il y a le costume... très réussi... je compte à mon entrée faire un effet de jambes... un très bel effet de jambes... vous verrez ça...

MADAME DE SAINTE-AMARANTHE.

Je le connais... vous ne le ratez jamais...

RIFLARDINI.

Quant au rôle... je le sens à ma manière... je lui donne mon cachet individuel... vous savez que je n'aime pas à dire du mal des camarades... mais quand vous m'aurez entendu là-dedans, vous vous direz : ce rôle-là n'avait pas encore été chanté!

MADAME DE SAINTE-AMARANTHE.

Je ne crains qu'une chose, Jules...

RIFLARDINI.

Quoi donc, chère belle?

MADAME DE SAINTE-AMARANTHE.

C'est que vous ne fassiez tourner la tête à toutes ces dames et que vous ne m'oubliiez un peu...

RIFLARDINI, se passant la main dans les cheveux.

Bébette... Bébette... c'est fou ce que vous dites là...

MADAME DE SAINTE-AMARANTHE.

Pas tant que cela...

RIFLARDINI.

Voyons, mon toutou, vous savez bien qu'il n'y a qu'une femme au monde pour moi... (Lui prenant la main et l'attirant vers lui.) c'est celle près de laquelle je suis...

MADAME DE SAINTE-AMARANTHE, avec élan.

Ah! Jules!

RIFLARDINI, à part.

Ça peut s'entendre de bien des manières...

MADAME DE SAINTE-AMARANTHE, lui jetant les bras autour du cou.

Vous me faites du bien en me parlant ainsi...

RIFLARDINI, avec une tendresse théâtrale.

Cher ange adoré...

BLONDEAU, qui a entr'ouvert la porte et a regardé.

Cette scène m'altère!...

DUTILLEUL, même jeu à gauche.

Est-ce que ça va durer longtemps?

Ils referment tous les deux leurs portes en même temps.

RIFLARDINI, se levant vivement.

Il y a un courant d'air...

MADAME DE SAINTE-AMARANTHE.

Mais non...

RIFLARDINI.

Attendez... (Essayant sa voix et faisant un trait.) Do, mi, sol... sol, sol... Est-ce que je vibre un peu?

MADAME DE SAINTE-AMARANTHE, avec tendresse.

Jamais vous n'avez vibré davantage!...

RIFLARDINI, tranquillisé, allant s'asseoir sur le canapé.

Je m'en rapporte à vous...

MADAME DE SAINTE-AMARANTHE.

Figurez-vous, mon ami... c'est peut-être de la folie... que je me suis imaginé qu'ici même, dans la maison, avec cette madame Bonpérier... cette coquette...

RIFLARDINI.

La femme d'un huissier... allons donc!

MADAME DE SAINTE-AMARANTHE.

Elle est jolie...

RIFLARDINI.

Je n'en sais rien... ne me faites pas de scènes, mon bébé, je joue ce soir, et les émotions, ça me retire les moyens... Voyons, est-ce que je vous parle de votre Portugais, moi?... de votre marquis de Barraméda...

MADAME DE SAINTE-AMARANTHE.

Vous savez bien que je ne peux pas le souffrir...

RIFLARDINI.

Il est insupportable... jaloux, grossier et rageur, un porc-épic très réussi; mais à propos, qu'est-ce que vous en avez donc fait de votre Barraméda?

MADAME DE SAINTE-AMARANTHE.

Il est parti en voyage... en Normandie, je crois... pour la remonte des haras... Je suis libre, entièrement libre d'assister ce soir à votre triomphe... car vous aurez un triomphe?...

RIFLARDINI.

Vous pouvez y compter... c'est arrangé pour ça...

Blondeau et Dutilleul entr'ouvrent de nouveau leurs portes.

MADAME DE SAINTE-AMARANTHE.

Quelle joie pour un artiste d'entendre le bruit des applaudissements...

RIFLARDINI.

Des applaudissements, oui... (Faisant la grimace.) mais pas d'un sifflet, par exemple.

MADAME DE SAINTE-AMARANTHE.

D'un sifflet... Est-ce que jamais ?

RIFLARDINI.

Ça ne m'est arrivé qu'une fois... une seule fois... mais si le hasard me met un jour en présence de cet iconoclaste... (Frappant avec force une chaise contre le parquet.) Sang et tonnerre !... (Blondeau et Dutilloul referment vivement leurs portes.) Il y a un courant d'air !...

MADAME DE SAINTE-AMARANTHE.

Je vous assure que non...

SCÈNE VI

LES MÊMES, FROSINE.

FROSINE, accourant par le fond, très émue.

Madame... madame... Ah ! si vous saviez...

MADAME DE SAINTE-AMARANTHE.

Quoi donc ?

FROSINE.

Le marquis...

MADAME DE SAINTE-AMARANTHE.

Eh bien ?

FROSINE.

Je viens d'apercevoir sa voiture s'arrêter au coin de la

rue... Le marquis en est descendu et vient d'entrer dans la maison...

MADAME DE SAINTE-AMARANTHE.

Il ne devait revenir que dans huit jours. . il se doute de quelque chose sans doute... (A Riflardini.) Il ne faut pas qu'il vous trouve ici...

FROSINE, au fond.

Il monte l'escalier... Vous savez qu'il a une clé.

MADAME DE SAINTE-AMARANTHE, à Riflardini.

Vite, vite. (Lui montrant la porte de gauche premier plan.) Là...

RIFLARDINI, allant à la porte de gauche.

Et moi qui joue ce soir... et qui ai mon costume à essayer... Enfin !... (Il ouvre la porte, mais Dutilleul la referme. Surpris.) C'est occupé !

MADAME DE SAINTE-AMARANTHE, très troublée.

Dutilleul... je n'y pensais plus... (Montrant la droite.) Eh bien, là...

RIFLARDINI, ouvrant la porte de droite.

Soit !... (Il se trouve en face de Blondeau et pousse un cri.) Ah ! (Blondeau referme vivement la porte sur lui.) C'est lui !... je l'ai reconnu !...

MADAME DE SAINTE-AMARANTHE.

Qui donc ?

RIFLARDINI, très exalté.

C'est lui !... c'est lui !... Ah ! il va me le payer !...

ROSINE, au fond très anxieuse.

Madame... madame... je vous en prie...

MADAME DE SAINTE-AMARANTHE, vivement.

Dans la salle à manger... (Le poussant vers la droite, deuxième plan.) Dépêchez-vous...

RIFLARDINI.

Mais...

MADAME DE SAINTE-AMARANTHE, le poussant.

Par grâce... Jules...

RIFLARDINI, sur le seuil.

Oh ! je le repincerai !... (S'arrêtant.) Et ma voix ?... (Filant un trait.) Fa la ré fa... (Il fait un couac. — Désolé.) Mon fa s'éraille !...

Il entre à gauche poussé par madame de Sainte-Amaranthe.

FROSINE, au fond redescendant.

Le voici...

MADAME DE SAINTE-AMARANTHE.

Du calme.

Elle se jette sur le canapé, prend un livre et fait semblant de lire, la tête appuyée sur sa main. Frosine, qui a pris un plumeau, époussette la cheminée en fredonnant un air entre ses dents.

SCÈNE VII.

LES MÊMES, LE MARQUIS DE BARRAMÉDA.

Le marquis ouvre la porte du fond avec violence et reste droit sur le seuil. Il est boutonné jusqu'au menton, teint bronzé, grosse moustache blanche avec deux énormes crocs en tire-bouchon, chapeau à bords cambrés, accent portugais très prononcé.

BARRAMÉDA, sur le seuil regardant le tableau qu'il a sous les yeux.

Elle est seule !...

MADAME DE SAINTE-AMARANTHE, tournant négligemment la tête.

Qu'est-ce ? qui vient là ?... (Apercevant Barraméda.) Quoi ?... c'est vous, mon ami...

BARRAMÉDA, descendant.

C'est moi...

MADAME DE SAINTE-AMARANTHE.

Je ne vous attendais guère... J'étais là, toute seule, à m'ennuyer... et pour tuer le temps je lisais... (Se levant et allant à lui) Mais comment se fait-il que je vous revoie si tôt, mon cher Juan?... Je vous croyais en Normandie...

BARRAMÉDA, tout en jetant à droite et à gauche des regards inquisiteurs.

Mon voyage est remis... (Elevant la voix très fort.) Ancien colonel de cavalerie, j'ai été chargé par la société hippique de Lisbonne de la remonte des haras... parce que je suis avant tout un homme de cheval... (Très fort en regardant à droite et à gauche.) Un homme de cheval!...

MADAME DE SAINTE-AMARANTHE.

Pourquoi criez-vous si fort?...

BARRAMÉDA.

Parce que ça me plaît... (Toujours très haut et même jeu.) Il faut qu'on sache bien qu'il y a trois êtres auxquels je défends qu'on touche même du bout du doigt... D'abord Carlotta, ma jument, pur sang, grande trotteuse; ensuite ma femme légitime Bianca, un ange blond, superbe poitrail; et enfin, madame de Sainte-Amaranthe, mon illégitime, un ange alezan, forte croupe, très belle allure!

MADAME DE SAINTE-AMARANTHE.

Pour qui dites-vous tout cela?

BARRAMÉDA.

Pour personne; pour ma satisfaction personnelle.

MADAME DE SAINTE-AMARANTHE, à part à Frosine.

Il a quelque chose, bien sûr.

FROSINE, à elle-même.

J'en ai peur...

BARRAMÉDA, à la baronne, changeant de ton.

Qu'est-ce que vous avez à faire aujourd'hui, mon bijou?

MADAME DE SAINTE-AMARANTHE.

Rien, mon bon ami...

BARRAMÉDA.

Parfait alors... j'ai ma voiture en bas... nous allons sortir... Allez vous habiller.

MADAME DE SAINTE-AMARANTHE, embarrassée.

Mais c'est que... je suis un peu fatiguée.

BARRAMÉDA.

Tant mieux... ça vous délassera...

MADAME DE SAINTE-AMARANTHE.

J'ai un commencement de migraine...

BARRAMÉDA.

Tant mieux ., ça la dissipera... Nous irons visiter mes écuries... ça distrait beaucoup.

MADAME DE SAINTE-AMARANTHE, à part.

Au fait, une fois moi partie, ils pourront s'en aller. (Haut avec un sourire.) Puisque vous y tenez, mon cher Juan, je n'ai rien à vous refuser. (A Frosine.) Veille sur lui. (En sortant, à Barraméda avec un sourire.) Je reviens...

Elle entre à gauche deuxième plan.

SCÈNE VIII

BARRAMÊDA, FROSINE.

BARRAMÉDA, saisissant le bras de Frosine, et l'amenant au milieu du théâtre.

Toi, va-t'en à ta cuisine !

FROSINE.

Mais...

BARRAMÉDA.

Pas de mais... sais-tu ce qui se passe? Tu ne le sais pas... Je vais te le dire... je viens de mon cercle... tous ces messieurs avaient une figure narquoise... le garçon lui-même me regardait en riant... je le prends à part, je lui mets cent francs dans la main... je l'interroge, il me dit tout... je sais le bruit qui court. . il paraît que ta maîtresse me trompe...

FROSINE.

Oh! monsieur.

BARRAMÉDA.

Tais-toi... je le sais!.. elle me trompe avec un ténor italien du nom de Riflardini... Je ne fais qu'un bond jusqu'ici... un bond de tigre... je prends le concierge à part et je lui mets cent francs dans la main... ça fait deux cents... je l'interroge et il m'avoue que Riflardini est ici en ce moment.

FROSINE.

Oh! monsieur!...

BARRAMÉDA.

Tais-toi!... je le sais!... et tends la main... (Lui mettant un billet de banque dans la main.) Voilà cent francs... ça fait trois cents... et va-t'en à ta cuisine...

FROSINE.

Je vous promets bien...

BARRAMÉDA.

Laisse-moi faire... je suis Portugais... je ne te dis que ça...

FROSINE.

Mais je vous jure...

BARRAMÉDA, d'une voix terrible.

Ah!... va-t'en à la cuisine!

FROSINE, se sauvant effrayée.

Au fait, qu'ils s'arrangent!...

Elle sort par le fond.

SCÈNE IX

BARRAMÉDA, puis BLONDEAU.

BARRAMÉDA.

Je suis maître de la place... Reste à savoir où il se cache...

BLONDEAU, entr'ouvrant la porte.

Je crois qu'il n'y a plus personne... (Apercevant Barraméda qu'il ne voit que de dos.) Si...

Il referme la porte sur lui.

BARRAMÉDA, se retournant au bruit.

Cette porte a remué... il est là... (Il va à la porte de droite et l'ouvre.) Sortez!...

BLONDEAU, passant devant lui en saluant.

Pardon, monsieur, je suis...

BARRAMÉDA.

Je sais qui vous êtes..

BLONDEAU.

Ah!

BARRAMÉDA, à lui-même.

On m'avait bien dit que tous ces ténors étaient obèses... mais celui-là abuse de la permission... (Haut.) Maintenant je vais vous dire à qui vous avez affaire... je suis don Juan-José-Melchior-Joachim-Rodriguez Martinez y Pelayo y Vallagas de Barraméda...

BLONDEAU, à part.

Le mari de Bianca!...

BARRAMÉDA.

Ancien colonel de la cavalerie portugaise, j'ai été chargé par la société hippique de Lisbonne de la remonte des haras, parce que je suis avant tout un homme de cheval et à cheval sur l'honneur!...

BLONDEAU, poliment.

L'un n'exclut pas l'autre... (Voulant se retirer.) Vous permettez.

BARRAMÉDA, le retenant.

Un instant... (A part le regardant.) C'est qu'il n'est pas beau du tout... (Haut.) Vous devez gagner beaucoup aux lumières?

BLONDEAU, étonné.

Moi? (A part.) Pourquoi me demande-t-il cela?

BARRAMÉDA.

Car enfin, vous n'êtes pas de la première jeunesse, mon cher monsieur... je sais bien qu'avec le maquillage on parvient à faire illusion...

BLONDEAU, protestant.

Est-ce que vous croyez que je...

BARRAMÉDA.

C'est votre droit... (Avec ironie.) Mais, franchement, vous êtes trop gros pour le métier que vous faites.

BLONDEAU.

Comment! le métier que je fais... je vous prie de m'expliquer...

BARRAMÉDA, l'interrompant.

Parlons sérieusement... je vous prie, moi, de m'expliquer votre présence ici...

BLONDEAU.

Elle est toute naturelle... je suis chez une de mes locataires... il me semble qu'en ma qualité de propriétaire de l'immeuble...

BARRAMÉDA.

Ah! vous avez acheté la maison. (A part.) Au fait, avec les appointements fabuleux qu'on donne à ces gens-là...

BLONDEAU, voulant se retirer.

Vous permettez...

BARRAMÉDA, le retenant.

Un instant... un instant... nous avons quelque chose à démêler ensemble...

BLONDEAU.

A démêler? (A part.) Serait-ce une allusion?...

BARRAMÉDA, avec force.

Nous aimons tous les deux la même femme...

BLONDEAU, à part.

Aïe!... il a appris mes anciennes relations avec Bianca... (Haut, d'un ton indifférent.) Oh! ça date de si longtemps!...

BARRAMÉDA.

Ça date de longtemps... circonstance aggravante... (Se plaçant en face de Blondeau et d'une voix tonnante.) Monsieur...

BLONDEAU, poliment.

Monsieur. (A part.) Il a l'air bien hérissé!

BARRAMÉDA.

En Portugal, nous avons de vieilles coutumes auxquelles dans ma famille, on est resté très attaché!... Mes ancêtres vidaient toutes leurs querelles la navaja à la main...

BLONDEAU.

La nava...?

BARRAMÉDA.

La navaja... vous ne savez pas ce que c'est?... (Tirant de sa poche un grand couteau catalan.) Voilà l'objet...

BLONDEAU, le regardant de près.

C'est joliment travaillé...

BARRAMÉDA.

Et comme j'ai pensé que vous n'en auriez pas sur vous, j'en ai apporté un second exemplaire... (Il en tire un second de sa poche. Blondeau le regarde d'un air surpris.) Remarquez (Les mesurant.) qu'ils sont tous les deux exactement de la même longueur. (Lui en donnant un.) Prenez celui-ci.

BLONDEAU, retirant sa main.

Moi!...

BARRAMÉDA, le forçant à le prendre.

Prenez, prenez... Il est bien à votre main, n'est-ce pas?

BLONDEAU, voulant le lui rendre.

Il serait beaucoup mieux à la vôtre...

BARRAMÉDA.

Ne plaisantons pas... placez-vous... en face de moi... et commençons...

BLONDEAU, comprenant.

Mais alors... c'est donc un duel?

BARRAMÉDA.

A la manière portugaise...

BLONDEAU.

Merci bien, je n'aime pas ces manières-là...

BARRAMÉDA, se campant, le corps en arrière, la jambe en avant.

On peut défendre la figure comme ça.

Il place son coude à la hauteur de ses yeux.

BLONDEAU, avec force.

Je défends tout... tout!...

SCÈNE X

LES MÊMES, RIFLARDINI, puis DUTILLEUL et MADAME DE SAINTE-AMARANTHE.

RIFLARDINI, sortant de droite deuxième plan.

C'est lui!... enfin!...

Il retrousse sa manche.

BLONDEAU, effrayé.

Dupiton!... (Il jette la navaja sur le guéridon et se sauve vivement vers le fond en disant.) Eh bien! j'en ai de l'agrément dans ma maison!...

Il sort en courant.

BARRAMÉDA, qui a vu la navaja sur le guéridon.

Qu'est-ce que c'est?... (Prenant la navaja, courant à Riflardini et la lui présentant.) Prenez ça!...

RIFLARDINI.

Pourquoi faire?...

D'un revers de main il envoie la navaja sauter par terre.

BARRAMÉDA, stupéfait.

Ce n'est pas le même!

RIFLARDINI, se dirigeant vers le fond.

Oh! tu l'auras! (Avant de sortir.) Fa, la, ré, fa... (Il fait un couac, désolé.) Le fa ne sort plus!...

Il sort en courant par le fond.

BARRAMÉDA, allant ramasser la navaja.

Deux adversaires!... double vengeance!.... Tant mieux!

DUTILLEUL, qui est sorti de gauche se faufilant doucement vers le fond.

Ah! tant pis! il faut filer...

BARRAMÉDA, qui a ramassé la navaja courant à lui et la lui présentant.

Prenez ça!...

DUTILLEUL, la prenant et la mettant dans sa poche.

Je vous remercie; vous êtes bien bon.

Il sort par le fond.

BARRAMÉDA, cloué à sa place par la stupéfaction.

Encore un autre!... (A madame de Sainte-Amaranthe qui paraît à gauche.) Ah çà! madame, combien y en a-t-il donc?...

La toile baisse.

ACTE TROISIÈME

Le théâtre représente une étude d'huissier. — Sur les murs, des affiches annonçant des ventes. — Un grand cartonnier avec des étiquettes portant les mots : *Protêts, congés, saisies, recouvrements*, etc. — Tables en bois noir, chaises de paille. — A droite, au premier plan, une porte sur laquelle on lit : *Cabinet de l'huissier*. — A gauche, portes au premier et au deuxième plan, conduisant dans l'appartement particulier de M. Bonpérier. — Au fond, un peu à droite, la porte d'entrée de l'étude. — Au fond, à gauche, une fenêtre ouverte donnant sur un balcon ; par cette fenêtre on voit une corde de badigeonneur avec le petit siége pour le peintre.

SCÈNE PREMIÈRE

BILLARDIN, principal clerc, GUSTAVE, deuxième clerc,
LE PÈRE PLUCHARD, vieil expéditionnaire,
BRISQUET, le petit clerc, rôle travesti,
UN PEINTRE BADIGEONNEUR, puis BONPÉRIER.

Au lever du rideau, Billardin est assis à droite devant un bureau en bois noir, encombré de cartons et de dossiers. Le père Pluchard, ayant des lunettes bleues, une calotte grecque et des manches de lustrine, est assis devant une table à gauche et écrit. Gustave travaille en face de lui sur la même table ; ils sont séparés par un monceau de pièces et de dossiers. Brisquet range des dossiers dans le cartonnier. En dehors de la fenêtre, un peintre en bâtiment, assis sur la petite sellette attachée à la corde à nœuds, badigeonne.

LE PEINTRE, chantant.

Madame Lenglumé,
J' viens vous demander vot' fille...

BILLARDIN, écrivant.

... Bel astre radieux !

LE PEINTRE, descendant de la sellette sur le balcon.

En v'là assez pour le quart d'heure...

Il retire sa blouse et sa casquette et les pose sur la sellette.

BILLARDIN, continuant.

... Plus blanche qu'une crème...

LE PEINTRE, ayant l'air de s'adresser à des gens placés au-dessus de lui.

Hé! là haut!... nous entamerons le quatrième quand je reviendrai... je vous demande pardon, messieurs...

Il sort par le fond.

BILLARDIN, de même.

Et je te dis : je t'aime! (Se levant sa feuille de papier à la main.) Ça y est, ça y est!...

GUSTAVE, se levant et s'approchant.

Encore des vers!... c'est une toquade !...

BILLARDIN.

Ne blasphème, pas, Gustave!... la poésie et l'amour, c'est la vie!... je suis poëte, et je suis amoureux!

BRISQUET, qui s'est approché.

Tiens! contez-nous donc ça!... je raffole des histoires d'amour, moi...

GUSTAVE, lui donnant une petite tape.

Gamin! (A Billardin.) Voyons votre roman?

BILLARDIN.

Il est simple! J'adore une blonde et fraiche jeune fille que j'ai rencontrée aux Tuileries avec sa bonne. Nous avons échangé des regards chargés d'électricité et tout me dit qu'elle aime le pauvre orphelin!...

BRISQUET.

Orphelin!... vous êtes orphelin!

BILLARDIN.

Entièrement!...

BRISQUET.

Comment ça se fait-il?...

BILLARDIN.

Oh! très naturellement... mon père, par suite d'une étourderie que je ne puis m'expliquer, a négligé de se faire connaître... Quant à ma mère, elle a jugé à propos de me confier, dès l'âge heureux de trois mois à d'honnêtes cultivateurs du département des Basses-Pyrénées... A douze ans, je m'enfuis de chez ces braves gens qui me rouaient de coups et depuis lors je vogue, isolé, sur l'océan houleux de la vie!...

GUSTAVE.

Ce pauvre Billardin!...

BRISQUET.

Et rien, rien qui puisse vous faire retrouver vos parents?

BILLARDIN.

Je mentirais à la tradition... Si!...

GUSTAVE et BRISQUET.

Ah!...

BILLARDIN.

Mais bien peu de chose... (Tirant de sa poche un petit journal de province.) Ce numéro de journal qui était épinglé sur ma poitrine... « l'*Echo de Bayonne* du 16 juillet 1858 » portant dans un coin, un D majuscule au crayon rouge.

BRISQUET.

Bizarre!

BILLARDIN, avec force.

Si j'étais le fils d'un journaliste!... Oh! non! ce serait trop de bonheur!... je n'ai pas assez de chance pour ça! Quant à l'ange que j'adore, voici le quatrain que je viens d'enfanter à son intention... j'y déclare audacieusement ma flamme... et vous allez voir avec quel lyrisme!...

Ouvrant sa feuille de papier et déclamant en faisant de grands gestes.

O toi, par qui je vis, bel astre radieux!
Plus souple qu'un roseau, plus blanche qu'une crème?
Brûlé par les tisons qui flambent dans tes yeux,
Je tombe à tes genoux et je te dis: je t'aime!

BRISQUET.

C'est tapé!... (Voyant s'entr'ouvrir la porte de droite.) Gare! le patron!

Billardin et Gustave retournent vivement à leurs places, Brisquet à son cartonnier; quant au vieil expéditionnaire, pendant toute cette scène, il n'a cessé d'écrire, sans même lever la tête.

BONPÉRIER, sortant de son cabinet avec un client qu'il reconduit.

C'est entendu!... soyez tranquille... un arrangement vaut mieux qu'un procès!... (Lui donnant une poignée de main sur le pas de la porte de l'étude.) Au revoir! (Le client sort. — Revenant vivement près du bureau de droite.) Billardin!

BILLARDIN.

Monsieur?...

BONPÉRIER.

Vite, un mot, au président du tribunal... nous n'avons plus que vingt minutes avant l'audience... Ecrivez...

BILLARDIN, qui a pris une feuille de papier et s'est mis en posture d'écrire.

J'y suis!...

BONPÉRIER, dictant.

Monsieur le président, l'affaire Larfouillat est arrangée. Je vous prie de vouloir bien la faire rayer du rôle. J'ai l'honneur d'être avec un profond respect, etc. (A Gustave.) Faites l'enveloppe... (A Billardin.) Donnez que je signe... et passez-moi le dossier... (Billardin cherche le dossier sur le bureau et, pendant ce temps, Bonpérier se dispose à signer.) Allons, bon! j'ai laissé mes lunettes dans mon bureau... Enfin! n'importe!... (Il signe, puis plie la lettre en quatre. — A Gustave.) L'enveloppe? (Gustave la lui donne, il y insère la lettre, cachète et appelle.) Brisquet... (Brisquet s'approche.) Porte moi ça et au galop... il faut absolument que ça arrive avant l'audience... (Descendant à droite, à l'avant-scène.) Voilà une affaire faite... (Regardant la porte de droite.) Je ne suis pas sans inquiétude... madame Blondeau est là avec ma femme... elles sont en train de causer et j'ai bien peur qu'Hortense...

MADAME BONPÉRIER, au dehors.

Oui, ma chère, c'est un polisson, un drôle!...

BONPÉRIER.

Un drôle! elle parle de moi!... Voilà ce que je craignais! et comme elle m'arrange!... Attends! attends! je vais te vous la secouer d'importance!...

Il entre vivement à droite.

BRISQUET, qui a mis sa casquette.

Comme c'est amusant... une course juste à l'heure du déjeuner!...

Il sort par le fond.

GUSTAVE, regardant sa montre.

Tiens!... c'est vrai!... (Se levant et criant aux oreilles du vieil expéditionnaire qui n'a cessé un seul moment d'écrire sans lever la tête.) Hé! père Pluchard, père Pluchard!... (Le vieil expéditionnaire ne bouge pas. Lui tapant sur l'épaule.) Hé! là-bas!...

PLUCHARD, levant la tête.

Hein?... quoi?...

GUSTAVE, mimant ses paroles avec les lèvres sans les prononcer.

On va déjeuner!

PLUCHARD, se levant.

C'est bon! vous n'avez pas besoin de crier si fort... j'entends bien!...

GUSTAVE.

Vieille pioche! (Pluchard ôte ses lunettes et sa calotte grecque qu'il laisse sur la table et se dirige sur le fond à droite. — A Billardin qui est resté pensif au milieu du théâtre.) Venez-vous... Billardin?...

Il entre à droite, deuxième plan.

SCÈNE II

BILLARDIN, seul, comme réveillé en sursaut.

Je vous suis!... (Il va pour se diriger vers le fond. — Revenant.) Ah! et ma déclaration... (Il prend le papier qui est resté sur le bureau, le plie vivement et le met dans sa poche.) Je trouverai bien le moyen de la lui remettre... car, ce que je ne leur ai pas dit... (Montrant la porte de gauche.) C'est qu'elle est là, cette blonde enfant!... Elle est venue rendre visite à madame Bonpérier, avec sa belle-mère... c'est la fille du propriétaire... c'est-à-dire qu'elle est riche et que je n'ai rien... une maison de cinq étages s'élève entre nous deux!... Pourrai-je démolir cet obstacle?... (On entend à gauche un grand fracas de porcelaine cassée, et les éclats de voix de M. et madame Bonpérier qui se disputent.) Une querelle... et de la casse!... Voilà madame Bonpérier qui fait des siennes!...

SCÈNE III.

BILLARDIN, BONPÉRIER.

BONPÉRIER, sortant de gauche, furieux.

C'est indigne, madame... me faire une scène pareille devant du monde!...

Il referme la porte avec une grande violence.

BILLARDIN, à part.

Va donc!... casse aussi!...

BONPÉRIER, exaspéré.

Oh! si je ne me retenais pas... mais mon plan est de me me retenir... et d'enregistrer avec soin les actes de ma femme!... (Il tire de sa poche une longue liste sur laquelle il écrit.) Du 28 septembre avoir brisé un service à thé qui me venait de mon oncle... en vieille faïence...

BILLARDIN, s'approchant.

Comment, ce superbe service?...

BONPÉRIER.

En mille miettes... Mais c'est ma faute! voilà ce que c'est, à mon âge, d'avoir épousé une femme beaucoup plus jeune que moi, méridionale par-dessus le marché, et qui a de la dynamite dans les veines...

BILLARDIN.

Oui, il y a entre vous et elle incompatibilité d'humeur...

BONPÉRIER.

Absolue! Elle ne peut pas me souffrir, et moi il y a longtemps que j'en ai par-dessus la tête... (Billardin étonné le regarde.) pas de ce que vous pensez... de ma femme...

BILLARDIN.

Bon! bon!

BONPÉRIER.

C'est pourquoi nous plaidons en séparation... nous en sommes à l'enquête... nous avons, chacun de notre côté, à exposer nos griefs. (Montrant la longue liste qu'il tient à la main.) Voilà ma liste!...

BILLARDIN.

Elle est longue!...

BONPÉRIER, lisant.

1° Du 12 juillet... Madame a renversé le potage sur la table parce qu'elle le trouvait trop chaud.

BILLARDIN.

Oh! ça, c'est maigre!

BONPÉRIER.

C'était un potage gras!... 2° M'avoir traité de coureur de jupons, sans motif plausible...

BILLARDIN.

Sur votre réputation, simplement!...

BONPÉRIER.

Simplement! (Lisant.) 3° A partir du 27 dudit mois de juillet, s'être enfermée dans sa chambre, et m'en avoir absolument interdit l'entrée...

BILLARDIN.

Ça c'est plus grave, et vous aviez le droit d'exiger...

BONPÉRIER.

J'en avais le droit... le code à la main! et pourtant, je

ne pouvais pas amener un gendarme pour obliger ma femme... Ça m'aurait même gêné!...

BILLARDIN, avec réserve.

Certes, ce n'est pas là le rôle de la gendarmerie.

BONPÉRIER, lisant.

4o...

BILLARDIN, regardant la liste.

Je vois, je vois, mais si vous voulez que je vous donne mon avis, je crois que tous ces griefs-là manqueront de fond auprès du tribunal...

BONPÉRIER.

C'est bien possible!... Oui, il faudrait quelque chose de plus corsé... quelque chose de très fort... (Avec éclat.) Billardin!...

BILLARDIN.

Monsieur?...

BONPÉRIER.

Il me vient une idée...

BILLARDIN, étonné.

Se peut-il!...

BONPÉRIER.

Vous ne seriez pas fâché de recevoir une gratification de mille francs, n'est-ce pas?...

BILLARDIN, ouvrant de grands yeux.

Mille francs!... C'est un rêve! mille francs!...

BONPÉRIER.

Je vous les donne! (Billardin s'approche vivement.) Quand vous aurez accompli le programme suivant; faites la cour à ma femme et obtenez d'elle un rendez-vous!...

BILLARDIN.

Moi?

BONPÉRIER, vivement.

En plein air... bien entendu!

BILLARDIN.

Aux Buttes Chaumont... par exemple!

BONPÉRIER.

Si vous voulez... le reste, je m'en charge... (A lui-même.) Et c'est bien simple... je prends deux témoins et je la pince *flagrante delicto!*... Il en aura peut-être pour trois mois de prison... mais puisque je le paie!... (A Billardin.) Vous entendez, mille francs!...

BILLARDIN.

Ah! vous me tentez! mais un scrupule me retient. Exprimer la passion sans la ressentir...

BONPÉRIER.

Puisque vous êtes poëte, ça ne vous sera pas difficile...

BILLARDIN.

C'est juste! Eh bien! soit!... j'essaierai...

BONPÉRIER, vivement.

J'en prends acte!...

BILLARDIN.

Mais vous me donnerez des arrhes?...

BONPÉRIER.

Tout de suite, tenez!... (Au moment d'entrer dans son cabinet.) Je tiens mon trente-huitième grief et il sera corsé celui-là!...

Il entre à droite.

BILLARDIN, le suivant.

O Anna! c'est pour toi que je vais m'imposer cette pénible corvée!

Il entre à droite.

SCÈNE IV

BLONDEAU, *seul.*

A peine Billardin a-t-il disparu qu'on voit s'ouvrir avec fracas la porte du fond : Blondeau en désordre, très essoufflé, entre vivement ; il referme immédiatement la porte derrière lui et reste un moment contre cette porte, écoutant ce qui se passe au dehors.

Je n'entends plus rien!... je crois bien que le pied lui a manqué et qu'il a roulé dans l'escalier... (*Redescendant la scène en s'épongeant le front.*) Ouf!... quelle course!... Il a des jambes de cerf ce Riflardini!... Heureusement que j'ai conservé une certaine élasticité... Mais il y a longtemps que je ne m'étais livré à une pareille gymnastique... Je suis brisé... (*Il se laisse tomber sur la chaise occupée précédemment par le vieil expéditionnaire.*) Enfin, on dit que c'est hygiénique!... (*Prêtant l'oreille et tressaillant.*) Hein!... il me semble qu'on monte l'escalier... C'est lui!... Il m'aura vu entrer... Sapristi!...

Il met vivement les lunettes bleues qui sont devant lui, se coiffe de la calotte grecque, et s'entourant de dossiers, fait semblant d'écrire le nez sur son papier.

SCÈNE V

BLONDEAU, BILLARDIN, *puis* MADAME BONPERIER.

BILLARDIN, *sortant de droite, et mettant de l'argent dans sa poche.*

O vil métal!... il s'agit maintenant de faire les choses consciencieusement...

BLONDEAU, *levant le nez.*

Non, ce n'est pas lui!...

MADAME BONPÉRIER, sortant de gauche. — Elle tient une longue liste à la main. Léger accent méridional.

Attendez-moi un moment, ma chère amie, je reviens!

BLONDEAU, regardant par-dessus les dossiers.

Cet accent!... c'est la femme de l'huissier!

BILLARDIN.

Elle!... (Se battant les flancs.) Lançons-nous!... Belle patronne!...

BLONDEAU, à part.

Belle patronne!...

MADAME BONPÉRIER, sans l'écouter.

Bonpérier est-il là?

BILLARDIN.

Non, madame, il vient de sortir.

MADAME BONPÉRIER, avec colère.

Sortir!... pour aller retrouver quelque femme sans doute!...

BILLARDIN, avec réserve.

On doit le supposer!

BLONDEAU, à part.

Tiens!... tiens!...

Il écoute.

MADAME BONPÉRIER, avec volubilité.

Quel monstre!... et il se plaint que je lui fasse des scènes devant le monde... il faudrait peut-être endurer tout cela sans rien dire!... J'ai de jolis renseignements sur son compte!... voilà ma liste... quarante-deux griefs!...

BILLARDIN.

Quarante-deux!... C'est vous qui tenez la corde!...

MADAME BONPÉRIER, toujours avec volubilité.

C'était bien la peine d'épouser un homme qui n'est ni beau, ni jeune, et de lui apporter ces trésors de tendresse dont les femmes du midi ont toujours une si ample provision... Il n'a rien compris à ma nature cet homme!...

BILLARDIN.

Absolument rien!... (A part.) Lançons-nous. (Rejetant les cheveux en arrière et clignant des yeux.) Mais il y en a d'autres qui sauraient la comprendre!...

BLONDEAU, à part.

Oh! oh!

MADAME BONPÉRIER, étonnée, le regardant.

Qu'avez-vous donc?

BILLARDIN, avec force.

Ce que j'ai?... Grattez le principal clerc, madame, et vous trouverez l'homme!...

MADAME BONPÉRIER.

Il est bizarre!...

BLONDEAU, à part.

Ah! c'est le...

BILLARDIN, continuant.

Grattez l'homme, et vous trouverez l'amoureux!...

BLONDEAU, à part, écrasant sa plume sur son papier.

Serpent!... Oh! un pâté!

Il l'enlève avec sa langue.

MADAME BONPÉRIER.

Imprudent!... (Montrant Blondeau.) Nous ne sommes pas seuls!...

BILLARDIN, d'un ton naturel.

Il n'y a pas de danger... c'est le père Pluchard. Vous savez bien qu'il est sourd comme un pot... (Reprenant le ton de la passion.) Ah! il y a longtemps que je souffre en silence, car si vous avez des aspirations artistiques, moi aussi j'en ai!... je suis poète!

MADAME BONPÉRIER.

Poète!

BILLARDIN.

C'est moi qui suis l'auteur des *Chants crépusculaires*, un ouvrage qui m'a valu quelques éreintements soignés dans les journaux... (Avec fierté.) Je suis connu maintenant!...

MADAME BONPÉRIER.

Noble orgueil! (A part.) Il est bizarre!...

BILLARDIN.

Comme homme, j'ose revendiquer quelques actes de courage civil. Il y a quinze jours, à Asnières, j'ai sauvé un terre-neuve qui se noyait...

MADAME BONPÉRIER, avec élan.

Ah! c'est bien, ça!

BILLARDIN, modestement.

C'est rare!... Qu'ajouterai-je?... Il faut vous venger de votre mari... vous avez besoin de quelqu'un pour vous aider... je suis là!... Accordez-moi seulement un petit rendez-vous!

BLONDEAU, à part.

Il est temps de m'en mêler!...

MADAME BONPÉRIER, faiblement.

Un rendez-vous! vous n'y songez pas!... Si Bonpérier venait à apprendre!...

BILLARDIN.

Il ne le saura pas!...

BLONDEAU, qui a ôté ses lunettes et sa calotte, se levant et avec force.

Il le saura!...

MADAME BONPÉRIER, poussant un cri et gagnant la gauche.

Ah!

BILLARDIN, stupéfait.

Ce n'est pas le père Pluchard!

BLONDEAU, s'avançant un peu.

Non, je ne suis pas Pluchard, mais un homme scandalisé de ce qui se passe chez lui...

MADAME BONPÉRIER.

Chez lui?...

BLONDEAU.

Je dis, chez lui, parce que ces murs sont à moi.

MADAME BONPÉRIER, vivement.

Vous seriez M. Blondeau?...

BLONDEAU.

Lui-même!

BILLARDIN, à part.

Le père d'Anna, sapristi!... (Haut.) Croyez bien...

BLONDEAU, l'interrompant.

Taisez-vous, monsieur... chercher à séduire la femme de l'homme qui vous paie des appointements!... Il m'est impossible de jauger une pareille conduite!... Elle est au-dessous de tout!...

BILLARDIN.

Mais si vous saviez!... (S'arrêtant en regardant madame Bonpérier.) Non, je ne peux pas dire ça devant elle!...

BLONDEAU, avec ironie.

La parole expire sur vos lèvres... Vous cherchez des justifications et vous n'en trouvez pas... (Avec un geste d'autorité.) Sortez!... j'ai à parler à madame!...

BILLARDIN.

Pourtant...

BLONDEAU, d'une voix tonnante.

Sortez!...

BILLARDIN, à lui-même.

J'ai bien travaillé!

Il sort par la droite au fond.

SCÈNE VI

BLONDEAU, MADAME BONPÉRIER.

BLONDEAU.

Je vous demande pardon, madame, d'être intervenu si brusquement... mais en vous voyant sur le bord de l'abîme, j'ai cru de mon devoir...

MADAME BONPÉRIER, sèchement.

Je vous remercie de l'intention... je m'en serais bien tirée toute seule!...

BLONDEAU.

Je n'en doute pas!... je me permettrai pourtant de déplorer la mauvaise intelligence qui paraît régner entre votre mari et vous, et si, dans un but de paix et de tranquillité, je pouvais vous amener à une réconciliation...

MADAME BONPÉRIER, très vivement.

Jamais!... Mais vous ne savez donc pas que cet homme me rend l'existence insupportable... qu'il passe la sienne à cribler notre contrat de coups de canif... ne dites pas non... (Lui pressant les mains et le faisant tourner vers elle, sans lui lâcher les mains.) Aussi, je n'ai pu me contenir... j'ai brisé ce que j'ai trouvé sous ma main... et encore maintenant, si je pouvais casser quelque chose...

Elle lui serre les mains avec violence.

BLONDEAU, faisant la grimace.

Je vous en prie, ce sont mes doigts!...

MADAME BONPÉRIER, le lâchant.

Ah! pardon... Ainsi, vous le voyez... mon cher monsieur, votre intervention est parfaitement inutile... réservez-la pour une meilleure occasion... je vais avertir madame Blondeau que vous êtes là... (En s'en allant.) Me réconcilier!... plus souvent!...

Elle sort par la gauche.

SCÈNE VII

BLONDEAU, BONPÉRIER.

BLONDEAU.

Joli intérieur!... dans tous les cas, il est de mon devoir de prévenir M. Bonpérier...

BONPÉRIER, sortant de droite.

Je ne serais pas fâché de savoir s'il a réussi... (Apercevant le propriétaire.) Tiens! vous ici?...

BLONDEAU.

Je suis venu retrouver ma femme... Mais avant j'ai un mot à vous dire... (Après s'être assuré que personne ne les écoute.) Mon cher monsieur, vous êtes mon locataire et je serais désolé qu'il vous arrivât chez moi des choses... désagréables... Apprenez donc que vous recélez ici un homme qui en veut à votre honneur...

BONPÉRIER.

Bah!

BLONDEAU.

Cet homme, c'est votre principal clerc que je viens de surprendre en tête-à-tête avec votre femme, et lui parlant d'amour...

BONPÉRIER, d'un ton dégagé.

Ah! ah! (A part.) Ça n'a pas été long!...

BLONDEAU, étonné.

Vous faites : Ah! ah! d'une drôle de façon... on dirait que ça vous est indifférent!...

BONPÉRIER, vivement.

Du tout, du tout!... Allez toujours!..: qu'est-ce qu'il lui disait?...

BLONDEAU.

Eh parbleu! tout ce qu'on dit en pareil cas!... et il allait un train d'enfer!...

BONPÉRIER, content.

Bon!... (A part.) Brave garçon!...

BLONDEAU, s'arrêtant étonné.

Comment bon! vous dites : bon?...

BONPÉRIER.

Non, non... Allez toujours... et ma femme est-ce qu'elle résistait?...

BLONDEAU.

Très faiblement!... C'est alors qu'il a eu l'audace de lui demander un rendez-vous?...

BONPÉRIER.

Et elle le lui a accordé?..

BLONDEAU.

Elle allait le lui accorder...

BONPÉRIER, avec joie se frottant les mains.

Ah!

BLONDEAU.

Quand je suis intervenu...

BONPÉRIER.

Vous?

BLONDEAU.

Juste à temps pour vous sauver...

BONPÉRIER, furieux, éclatant.

Que le diable vous emporte!...

BLONDEAU.

Comment!...

BONPÉRIER.

De quoi vous mêlez-vous?

BLONDEAU.

Lui aussi!... mais il me semble...

BONPÉRIER.

Est-ce que ça vous regardait?... Vous ne pouviez pas la laisser faire? maintenant tout est à recommencer...

BLONDEAU, scandalisé.

A recommencer!

BONPÉRIER.

Eh! oui... c'était un plan à moi!... Billardin n'était qu'un pantin dont je tenais le fil!...

BLONDEAU.

Est-ce que je pouvais supposer?...

BONPÉRIER.

Quand on est si maladroit que ça, on reste chez soi!

BLONDEAU, à part.

Quel charmant ménage!... j'en ai assez... je m'en vais prendre ma femme et m'en aller...

SCÈNE VIII

LES MÊMES, MARIETTE.

MARIETTE, entrant vivement par le fond.

Ah! monsieur, vous voilà, si vous saviez!...

BLONDEAU.

Quoi donc?

MARIETTE.

J'étais bien tranquille à la maison... tout à coup on carillonne à la porte... j'ouvre, c'était le ténor du quatrième qui entre en boitant et en se tenant la... hanche...

BLONDEAU.

Il s'est fait mal dans l'escalier, et alors...

MARIETTE.

Il pénètre comme une trombe et se met à crier : — Où est Blondeau? — Il est sorti, que je réponds... — J'attendrai qu'il rentre. — Pourquoi? — Pour le souffleter! —

BONPÉRIER, à Blondeau.

Comment?

BLONDEAU.

Oui! oui! une ancienne affaire... (A Mariette.) Continue...

MARIETTE.

Et comme il prétend vous gifler publiquement, il a envoyé le concierge chercher trois ou quatre commerçants du quartier... Ils sont installés dans le salon... on n'attend plus que vous!...

BONPÉRIER.

Dépêchez-vous...

BLONDEAU, désolé.

Ah bien!... voilà maintenant que je ne peux plus rentrer chez moi!... (A Mariette.) Tu ne lui as pas dit, au moins, que j'étais ici!...

MARIETTE.

Non... je me suis échappée un instant pour vous avertir.

BLONDEAU.

C'est bien!... redescends pour qu'il n'ait pas de soupçons, je vais réfléchir à ce que j'ai à faire.

MARIETTE.

Oui, monsieur... mais si j'étais à votre place, et s'il me me donnait une gifle, je lui en rendrais quatre... voilà ma manière de voir!...

Elle sort par le fond.

BONPÉRIER.

Sa manière de voir n'est pas mauvaise...

BLONDEAU.

Y pensez-vous? devant témoins... mais dans ce cas ça devient une affaire d'honneur!...

BONPÉRIER.

C'est vrai!...

BLONDEAU.

Il faut se battre, et j'ignore les premiers éléments...

BONPÉRIER.

Bah! un duel, ce n'est pas toujours si dangereux! Tenez, moi une fois, je me suis battu avec le petit Saint-Frétin... Nous avions la vue très basse tous les deux... on nous place... il tire et il attrape un lièvre... je riposte et j'abats une perdrix... Nous voulions continuer, mais les témoins s'y sont opposés, parce que la chasse n'était pas ouverte...

BLONDEAU.

Non! non! pas de duel!... c'est barbare!... c'est faire reculer la civilisation... Je suis un homme de progrès, je n'en veux pas.

BONPÉRIER.

Alors je ne vois qu'un moyen!...

BLONDEAU, vivement.

Lequel?

BONPÉRIER.

C'est de lui écrire une lettre dans laquelle vous lui ferez des excuses... tout ce qu'il y a de plus plat!...

BLONDEAU.

Tout ce qu'il y a de plus plat... vous avez raison... c'est la seule manière honorable d'en sortir... je vais la rédiger et vous la porterez...

BONPÉRIER.

Moi?...

BLONDEAU.

Rendez-moi ce service... je vous ferai mettre du papier partout. (Voyant entrer madame Blondeau.) Ma femme!... Silence!

SCÈNE IX

LES MÊMES, MADAME BLONDEAU, MADAME BONPÉRIER.

MADAME BLONDEAU, allant à son mari.

Eh bien! mon ami! que faites-vous donc? nous vous attendons...

BLONDEAU.

Je causais... (Prenant les mains de Bonpérier.) avec ce bon Bonpérier.

MADAME BLONDEAU, faisant un pas vers la gauche.

Nous allons rentrer chez nous.

BLONDEAU, à part.

Bigre! et le ténor qui m'attend... (Vivement.) Non, c'est inutile!... Bonpérier nous a invités à dîner... (Bas à Bonpérier.) Je vous en tiendrai compte à tant par tête... trois francs cinquante sans le vin... (Haut.) Je ne pouvais pas refuser!...

MADAME BLONDEAU.

Mais...

MADAME BONPÉRIER, à madame Blondeau.

Pas de mais... vous nous restez!...

BLONDEAU, lançant des regards d'intelligence à Bonpérier.

Nous, nous avons à rédiger un petit acte...

BONPÉRIER, à part.

Un sous-seing... (Haut.) Passons dans mon cabinet...

Il ouvre la porte de droite.

BLONDEAU, aux dames.

Excusez-nous!... une minute seulement!...

Il entre à droite suivi de Bonpérier.

SCÈNE X

MADAME BLONDEAU, MADAME BONPÉRIER, puis BILLARDIN.

MADAME BONPÉRIER, aussitôt que Blondeau et Bonpérier ont disparu, courant vivement à madame Blondeau.

Agathe!...

MADAME BLONDEAU, étonnée.

Qu'as-tu donc?

MADAME BONPÉRIER.

Nous sommes seules... écoute... Tu sais que nous plaidons en séparation mon mari et moi... Nous avons chacun nos griefs, mais je tremble qu'il n'en découvre un contre moi qui ferait pencher la balance en sa faveur!...

MADAME BLONDEAU.

Quoi? une faute?

MADAME BONPÉRIER, très vite.

Non! une imprudence, tout au plus. J'ai échangé quelques lettres avec le ténor qui demeure au-dessus, mais je crains maintenant que cette correspondance ne tombe entre les mains de mon mari, et ce que je viens te demander, c'est d'aller trouver cet artiste, de lui porter ses lettres et de lui réclamer les miennes...

MADAME BLONDEAU.

Oh! non! non! jamais je n'oserai!...

MADAME BONPÉRIER, très pressante.

Agathe! je t'en supplie!.. tu mettras un voile... personne ne se doutera... Tu consens, n'est-ce pas?...

MADAME BLONDEAU, hésitante.

Mon Dieu!... je...

MADAME BONPÉRIER, vivement.

Tu consens!... (L'entraînant.) Viens dans ma chambre... je vais te donner le petit paquet... je l'ai caché soigneusement... (Voyant entrer Billardin.) Quelqu'un!... (A madame Blondeau.) Viens!...

Elle l'entraîne et elles sortent par la gauche, deuxième plan.

BILLARDIN, qui a paru au fond, les regardant partir.

Elles s'en vont!... mais alors... (Montrant la porte de gauche premier plan.) Anna est seule... (Se dirigeant vers la gauche.) Seule... (Près de la porte de gauche.) Si je pouvais l'apercevoir!...

Il se penche et regarde par le trou de la serrure.

SCÈNE XI

BILLARDIN, BLONDEAU.

BLONDEAU, sortant de droite.

Là, c'est fait!... Bonpérier est allé porter ma lettre d'excuses... je suis tranquille maintenant... (Remarquant Billardin.) Tiens! qu'est-ce qu'il fait là?...

BILLARDIN, à la porte de droite.

Elle vient! ô bonheur!

ANNA, entrant.

Où donc est maman?...

BLONDEAU, à part.

Ma fille!...

BILLARDIN, s'approchant d'elle.

Mademoiselle!...

ANNA, poussant un petit cri.

Ah!...

BLONDEAU, à part.

Un rendez-vous!... nouvel incident!...

SCÈNE XII

BILLARDIN, ANNA BLONDEAU, au fond.

BILLARDIN, à Anna.

Mademoiselle!... les moments sont précieux!... (Prenant dans sa poche sa déclaration pliée en quatre et la lui présentant.) Vous connaîtrez mes sentiments les plus intimes si vous daignez jeter les yeux sur ces quelques lignes...

BLONDEAU, qui s'est avancé, saisissant le billet.

Confisqué!... nous verrons ça!...

Il le met dans sa poche.

ANNA, reculant vivement.

Mon père!...

BILLARDIN, très calme, à Blondeau.

Monsieur, je suis charmé que vous m'ayez surpris dans cette occupation...

BLONDEAU.

Je n'en puis dire autant... de quel droit?...

BILLARDIN.

J'aime votre fille... et je saisis avec empressement l'occasion qui m'est offerte de vous la demander en mariage...

BLONDEAU.

En mariage!... vous?...

BILLARDIN.

Pourquoi pas?...

ANNA.

Oui, papa, pourquoi pas?...

BLONDEAU, d'un ton ironique.

Mais vous n'avez pas le sou! Et les apports?... Qu'est-ce que vous constituez en dot?...

BILLARDIN.

D'abord, mon talent!...

BLONDEAU.

Passons!...

BILLARDIN.

Ensuite, ma place dans cette étude... dix-huit cents francs et le pain!...

BLONDEAU.

C'est peu!

BILLARDIN.

J'en conviens, mais j'ai réservé pour la fin, le plus sérieux et le plus solide...

BLONDEAU.

Ah! ah! et c'est...?

BILLARDIN, *simplement.*

C'est la dot que vous donnez à mademoiselle votre fille...

ANNA, *vivement.*

C'est vrai! nous n'y pensions pas!

BLONDEAU.

Je crois bien!...

BILLARDIN.

J'y pensais, moi! .. (*S'approchant d'Anna et avec passion.*) Quand il s'agit de votre bonheur, ô Anna, je pense à tout!

BLONDEAU, *le tirant.*

Permettez! permettez!... Je refuse et je vous prie de laisser ma fille...

BILLARDIN.

Vous voulez nous séparer?... (*Avec force.*) Vous n'y réussirez pas!... (*Retournant à Anna et lui saisissant la main.*) Chère Anna! enlaçons nos âmes pour l'éternité et nageons tous deux dans les sphères éthérées!

BLONDEAU, exaspéré, passant au milieu.

Je vous défends de nager avec ma fille! (A Anna.) Et toi, je te défends d'écouter un pareil toqué!

BILLARDIN.

Toqué! Fils du Parnasse, c'est ainsi qu'on vous traite! (Courbant la tête.) Amertume!...

ANNA, avec force.

Relevez votre front, Raoul!...

BLONDEAU.

Raoul!... Elle l'appelle par son petit nom!... (Sévèrement.) Ma fille!...

ANNA, avec résolution.

Mon père!... je vous ai déjà dit que je n'aimais pas votre M. Dutilleul... je suis libre de mon cœur... (Montrant Billardin.) C'est à lui que je le donne!... Choisissez donc! lui ou le couvent!...

BLONDEAU.

Anna, modère-toi!

ANNA.

Lui!... (Pleurant.) ou les Petits Oiseaux!

Elle entre à gauche.

BILLARDIN, ravi.

C'est un ange!... (Avec effusion à Blondeau.) Ah! beau-père!...

BLONDEAU, le repoussant.

Allez au diable!...

SCÈNE XIII

LES MÊMES, BONPÉRIER.

BONPÉRIER, entrant vivement.

Me voilà!...

BLONDEAU.

A l'autre... Eh bien?...

BONPÉRIER, avec fureur.

Eh bien! c'est moi qui l'ai reçu!...

BLONDEAU, stupéfait.

Vous!...

BONPÉRIER.

Je pénètre sans défiance... il était derrière la porte... il a cru que c'était vous, et v'lan! je reçois la plus belle paire de soufflets!...

BLONDEAU.

Allons! bien!

BONPÉRIER.

Et il y avait là dix personnes... Il se confond en excuses, mais je n'écoute rien... la colère m'empoigne...

BLONDEAU, vivement.

Et vous les lui rendez?...

BONPÉRIER.

Non!... je sors sur-le-champ... (Avec force.) et je viens vous retrouver pour que nous ayons ensemble une explication!...

BLONDEAU, se montant.

Une explication!... Vous plaisantez!... lorsque c'est moi qui ai droit de me plaindre de ce qui se passe chez vous... mais vous ne savez donc pas que je viens de trouver votre clerc aux pieds de ma fille... lui remettant ce billet d'amour... (Il l'ouvre.) Ecoutez!... (Il lit.) « Monsieur le président, l'affaire Larfouillat est arrangée... »

BILLARDIN, s'approchant.

Hein?...

BONPÉRIER.

Qu'est-ce que vous dites?... (Lui arrachant le billet des mains.) Ma lettre!... (A Billardin.) Mais alors, qu'est-ce que vous m'avez fait signer?...

BILLARDIN.

Attendez!... (Se frappant le front.) Ma déclaration!...

Déclamant.

Oh! toi que j'entrevis, bel astre radieux!
Plus souple qu'un roseau...

BONPÉRIER, furieux.

J'ai écrit une déclaration au président du tribunal!...

BLONDEAU.

C'est raide!

BONPÉRIER.

Une insulte à la magistrature... Je connais la loi... je vais être suspendu pendant six mois...

BILLARDIN.

Au moins!...

BONPÉRIER, à Billardin.

Malheureux!...

BILLARDIN, noblement.

C'est bien! ne criez pas!... je sais ce qu'il me reste à faire, je me retire!... (A Blondeau.) mais j'emporte l'amour de votre fille!... Quant à mes parents... (Tirant l'*Echo de Bayonne* de sa poche et le plaçant sur sa poitrine dans le revers de son habit.) en me promenant beaucoup ça, je finirai bien par les retrouver!... (A Bonpérier.) Adieu, monsieur... (A Blondeau.) Vous, beau-père, au revoir!...

Il sort par le fond.

SCÈNE XIV

BLONDEAU, BONPÉRIER.

BONPÉRIER.

Suspendu!... (Allant à Blondeau.) Et vous croyez que ça va se passer comme ça!...

BLONDEAU.

Calmez-vous, mon cher Bonpérier!...

BONPÉRIER, furieux.

Non! Tout ce qui m'arrive, c'est de votre faute!...

BLONDEAU.

A moi?

BONPÉRIER.

A vous... Pourquoi êtes-vous venu demeurer dans votre maison? qui est-ce qui vous demandait ici?...

BLONDEAU.

Permettez!...

BONPÉRIER, sans l'écouter.

Vous y êtes venu pour y jeter le trouble et la perturbation.

BLONDEAU.

La colère vous égare...

BONPÉRIER, avec force.

Mais vous êtes responsable, monsieur... vous l'êtes!... le code est là!... Ah! ah!...

BLONDEAU, perdant patience.

Allons donc!...

BONPÉRIER.

Il n'y a pas d'allons donc! J'ai été giflé, ça vaut bien dix mille francs, je vais être suspendu de mes fonctions, coût : vingt mille francs... Je vous somme donc de me payer trente mille francs...

BLONDEAU, impatienté.

Jamais de la vie, allez vous promener!...

BONPÉRIER, hors de lui.

Que j'aille me... Ah! c'est ainsi que vous le prenez!... Vous voulez du scandale... vous en aurez... Je vais avertir Riflardini que vous êtes là, et l'amener *illico!*...

BLONDEAU, effrayé.

Bonpérier!...

BONPÉRIER, sans l'écouter.

Illico! Nous allons assister à une jolie scène... attendez un moment, ce ne sera pas long!...

Il sort vivement par le fond.

SCÈNE XV

BLONDEAU, seul.

Bonpérier! (Désolé.) Mais ils sont enragés mes locataires!... et moi qui avais acheté cette maison pour y vivre tranquille... et ça me coûte deux cent quatre-vingt mille francs!... plus les frais... (Grand bruit de voix au dehors. On secoue la porte.) Je suis traqué, c'est une chasse à courre dans mon immeuble... On m'y poursuit comme un dix-cors... et pas moyen de leur échapper!,.. Où me fourrer?... (Regardant le cartonnier.) Ces cartons?... Je n'y tiendrais pas... (Courant à la fenêtre.) Ah! la fenêtre... Trois étages, merci!... (Avisant tout d'un coup la corde du badigeonneur suspendue au dehors de la fenêtre.) Ah!... voilà mon affaire! Je suis sauvé!...

Il se coiffe vivement de la casquette laissée par l'ouvrier, l'enfonce sur ses yeux, s'assied sur la petite sellette, prend le pinceau du badigeonneur et fait semblant de peindre.

UNE VOIX, en dehors.

Hisse!...

BLONDEAU, inquiet.

Comment! hisse?... (Il s'élève en l'air, très effrayé.) Où vais-je?...

Il disparaît au moment où Riflardini, Bonpérier et plusieurs autres personnes se précipitent en scène.

Rideau.

ACTE QUATRIÈME

Le théâtre représente un salon chez Riflardini. — Intérieur d'artiste. — Meubles de divers styles, très riches et en grand nombre, entassés sans ordre, un canapé à droite, un vieux bahut à gauche, un guéridon au milieu de la pièce; fauteuils, chaises, poufs, etc. — Sur les murs une douzaine de tableaux représentant tous Riflardini dans différents costumes, plusieurs bustes du même, de grandes couronnes accrochées çà et là et portant des inscriptions en lettres d'or, de vieilles faïences, des journaux pêle-mêle. — A gauche, un paravent. — Portes latérales avec riches portières. — Porte au fond. — Au fond à gauche, une fenêtre ouverte.

SCÈNE PREMIÈRE

BLONDEAU.

Au lever du rideau, le théâtre est vide. — Après un moment de silence, on voit par la fenêtre du fond paraître Blondeau sur la corde à nœuds, il monte lentement et arrive ainsi jusqu'au milieu de la fenêtre.

UNE VOIX, partant d'en haut.

Stoppe!

La corde s'arrête dans son mouvement d'ascension.

BLONDEAU.

Comment! stoppe?... (Regardant effrayé autour de lui.) Ils vont me laisser là entre ciel et terre!... (S'agitant.) C'est impossible!... je ne peux pas rester dans cette situation aérienne et vertigineuse... Allons, un peu de nerf!... (Il retire sa casquette, quitte la sellette sur laquelle il s'est assis, puis pose avec précaution un pied sur le rebord de la fenêtre en s'accrochant de la main à la balustrade d'appui.) C'est de la haute voltige... quand on n'a pas l'habitude... (Après s'être bien calé il enjambe cette balustrade et descend sur le théâtre au fond.) Là!... (En scène.) Non, jamais à aucune époque de ma vie, je n'avais fait autant de gymnastique... Enfin... puisque c'est hygiénique... (Faisant quelques pas en scène et s'arrêtant devant un portrait de Riflardini.) Hein?... Lui!... (Regardant les autres portraits.) Encore lui!... Toujours lui!... Et ces couronnes... ces partitions... Je suis chez Riflardini... (Avec force.) Voilà le bouquet! Oh! oh! il s'agit de ne pas moisir dans l'antre du lion et de m'esquiver au plus vite... (Avisant une porte de gauche et l'entr'ouvrant.) Par là peut-être?... (Regardant à l'intérieur.) Non... pas d'issues... Une chambre à coucher tendue en soie rose... (Refermant vivement la porte.) C'est le sanctuaire de Vénus! (Avisant une porte à droite.) Par là, alors? (L'ouvrant et regardant.) Non!... une grande pièce avec des costumes suspendus aux murs... des perruques de toutes sortes... des barbes de toutes couleurs... C'est le capharnaum du comédien... (On entend au fond le bruit d'une clé qui ouvre une porte au dehors. — Tournant la tête avec effroi.) Hein? On vient! C'est lui qui rentre... Ah!...

Il entre vivement dans la pièce de droite dont il tenait encore la porte entr'ouverte.

SCÈNE II

RIFLARDINI, TANCRÈDE.

RIFLARDINI, entrant par le fond.

Envolé!... disparu... C'est en vain que nous avons parcouru tout l'appartement... personne... Par où diable a-t-il pu passer? Enfin, qu'importe, je sais maintenant où le retrouver et je le repincerai plus tard... Pour le moment, le plus pressé est de m'occuper de mes affaires... (Appelant.) Tancrède! Tancrède!

TANCRÈDE, en livrée entrant par une porte latérale.

Monsieur?

RIFLARDINI.

Il n'est venu personne en mon absence?

TANCRÈDE.

Personne.

RIFLARDINI.

C'est singulier... Jacob, le costumier m'avait pourtant bien promis qu'il m'enverrait un de ses meilleurs ouvriers pour m'essayer mon costume.

TANCRÈDE.

Il peut encore venir...

RIFLARDINI.

Oui... et du reste, moi, je crains bien de ne pas pouvoir chanter ce soir.

TANCRÈDE.

Comment, monsieur... Et pourquoi?

RIFLARDINI.

Tu sais si j'ai les bronches d'une sensibilité...

TANCRÈDE.

Oh! oui...

RIFLARDINI.

Un rien les irrite... et je viens de passer par une série de violentes émotions qui ont dû influer sur leur délicat mécanisme...

TANCRÈDE.

Vous croyez?... Vous n'avez qu'à essayer... Tenez... (Tirant un diapason de sa poche et donnant le ton.) Voilà le la... (Le donnant avec la voix.) La... la... la... Allez, je vous soutiens...

Riflardini chante le *Miserere du Trouvère*, arrivé à la cadence finale il fait un énorme couac, il essaie à diverses reprises, mais le couac persiste.

RIFLARDINI, voyant qu'il n'en peut venir à bout.

Je le prendrai à l'octave au-dessous.

TANCRÈDE, après le morceau.

Allons, ce n'est pas trop mal...

RIFLARDINI.

Flatteur!...

TANCRÈDE.

Les notes piquées ne sont peut-être pas assez nettement détachées.

RIFLARDINI.

Tu trouves?... Au fait, je ne vois pas trop pourquoi je les piquerais... Je ne les piquerai pas.

TANCRÈDE.

L'émission du son n'est sans doute pas irréprochable... mais l'organe n'a pas souffert... C'est toujours le même.

RIFLARDINI.

Du moment que c'est ton avis... (Se regardant dans une glace.) C'est égal... j'ai le teint pâle... l'œil fatigué...

TANCRÈDE.

Les deux... la patte d'oie se dessine...

RIFLARDINI.

La patte d'oie!...

TANCRÈDE.

Ah! dame, aussi, vous n'êtes plus de la première jeunesse... Vous avez quarante-deux ans...

RIFLARDINI, allant vivement à lui.

Veux-tu te taire, malheureux!... Si l'on t'entendait...

TANCRÈDE.

C'est entre nous... Je garde ça pour moi ..

RIFLARDINI.

Je l'espère bien... car en plein jour, sur le boulevard, c'est à peine si je parais trente ans... et pour les femmes je n'en ai toujours que vingt-cinq...

TANCRÈDE.

Grâce à qui, s'il vous plaît? Si je ne vous préparais pas temps en temps une tasse de ce chocolat réparateur...

RIFLARDINI.

Le chocolat des ténors!... Un aliment sublime! qui m'a été rapporté de la Guadeloupe par une négresse... Est-on fatigué? Vite une tasse de ce nectar, et soudain les forces renaissent, la voix reprend son éclat... et on retrouve tous les élans de la vingtième année!...

TANCRÈDE.

C'est superbe... seulement... gare!

RIFLARDINI.

Pourquoi gare?

TANCRÈDE.

Pourquoi? Parce que nous avons commencé par une tablette... et que maintenant nous en mettons deux... Si vous continuez de ce train-là, vous n'irez pas loin.

RIFLARDINI.

Ça m'est égal!.... J'aurai jeté une grande lueur!... et ça me suffit!... Où sont mes lettres?

TANCRÈDE, *montrant des lettres déposées sur un plateau qui est sur le guéridon.*

Les voilà...

RIFLARDINI, *s'asseyant près du guéridon.*

Oh! oh! une vraie collection... (*Les sentant.*) Et qui embaume... (*A Tancrède.*) C'est bon, je n'ai plus besoin de toi... si le costumier vient, tu le feras entrer... Va...

Il commence à ouvrir les lettres.

TANCRÈDE, *le regardant avant de sortir.*

Rien de naturel chez cet homme... tout est frelaté!... et il y a des femmes qui aiment ça... (*Haussant les épaules.*) Ma parole, ça fait pitié!...

Il sort par la gauche.

SCÈNE III

RIFLARDINI, puis BLONDEAU

RIFLARDINI, prenant une lettre.

Ça, c'est de la vicomtesse... (Décachetant et lisant.) Des pleurs, des grincements de dents... Je suis un ingrat, un sans-cœur... Indigne des bontés qu'on a eues pour moi... toute la litanie... C'est un cliché connu... (Jetant la lettre au panier.) Histoire ancienne, ma chérie!... (Prenant une autre lettre et lisant la suscription.) Mossieu Riflardini, ténor... T-h-é-T-h-é-n-a-u-r... naur... (Ouvrant.) Qu'est-ce que c'est que ça?... (Lisant.) Ah! ah!... Une déclaration de cette petite figurante rousse et grêlée... Diavolo, quel style!... du romantisme à quatre sous la livraison... et quelle orthographe! (Jetant la lettre au panier.) Tu perds ton encre, ma petite...

Il prend une autre lettre. — Blondeau passe la tête à la porte de droite. Voyant Riflardini occupé, il sort avec précaution et sur la pointe du pied et referme la porte sans bruit, il a une perruque à longs cheveux blonds bouclés et une belle barbe blonde formant deux pointes par le bas.

BLONDEAU, à mi-voix.

A tout hasard, je me suis affublé de cette barbe et de cette perruque... Mais si je pouvais filer...

Il se dirige vers le fond sur la pointe du pied, mais près d'y arriver il heurte un tabouret qu'il fait tomber.

RIFLARDINI, se retournant vivement.

Entrez!

BLONDEAU, immobile près de la porte du fond.

Je suis pincé!... (Balbutiant.) Pardon... je...

RIFLARDINI, à lui-même.

C'est le costumier... (Haut à Blondeau.) Vous venez de la part de Jacob?...

BLONDEAU, vivement.

Oui... oui... (A part.) Où prend-il Jacob?...

RIFLARDINI.

Avancez, mon ami, avancez donc... (Blondeau fait quelques pas vers Riflardini, le regardant.) Oh! vous avez une belle tête... une tête d'apôtre!...

BLONDEAU, sans savoir ce qu'il dit.

On fait ce qu'on peut...

RIFLARDINI, l'admirant.

Et quelle superbe barbe!...

BLONDEAU, de même.

Je tiens de ma mère...

RIFLARDINI.

Je vous demande pardon, quelques lettres à lire...

BLONDEAU.

Faites donc...

RIFLARDINI.

Ce ne sera pas long et aussitôt que j'aurai fini, vous me l'essaierez...

BLONDEAU, qui ne comprend pas.

Je vous... l'essaierai ?...

RIFLARDINI.

J'espère qu'il ira bien...

BLONDEAU.

Je l'espère... (A part.) Quoi ?

RIFLARDINI.

S'il y avait quelques poignards à faire vous êtes là pour ça...

BLONDEAU.

Oui, je suis là pour les... (A part, très inquiet.) Il me prend pour un armurier.

RIFLARDINI, prenant une lettre qu'il décachette.

Oh! oh!... En voilà du mystère... (A Blondeau.) Dites donc...

Il s'arrête comme s'il cherchait son nom.

BLONDEAU, *achevant.*

Samuel...

RIFLARDINI.

Samuel... Vous êtes tous Juifs dans cette maison Jacob?...

BLONDEAU, *avec conviction.*

Tous?...

RIFLARDINI, *reprenant.*

Dites donc, Samuel... Ecoutez-moi un peu celle-ci... (*Lisant.*) « Cher et adoré Jules... Nos amours furent délicieuses. » Engagée dans les liens de l'hyménée, je ne devrais plus » penser à toi, mais cet effort est au-dessus de mes forces, » et aujourd'hui même, ô mon Jules, tu recevras ma vi» site. » Signé : « La Dame voilée. »

BLONDEAU.

C'est une ancienne qui veut renouer... Je plains le mari...

RIFLARDINI, *avec fatuité.*

Moi aussi... La dame voilée!... Ce côté de l'aventure n'est pas sans charme... Il s'en dégage un parfum mystérieux...

SCÈNE IV

LES MÊMES, TANCRÈDE.

TANCRÈDE, *entrant.*

Monsieur...

RIFLARDINI.

Hein?...

TANCRÈDE.

Il y a là une dame dont le visage est recouvert d'un voile...

RIFLARDINI.

C'est elle...

TANCRÈDE.

Et qui demande à vous parler.

RIFLARDINI.

Tout de suite... (A Blondeau, lui montrant la porte de droite.) Entrez là... Nous l'essaierons tout à l'heure.

BLONDEAU.

Oui... (A part.) Mais quoi donc ?

RIFLARDINI, le poussant.

Allez, allez... (Il referme la porte sur Blondeau. — A Tancrède.) Tancrède...

TANCRÈDE.

Monsieur?...

RIFLARDINI.

Mon chocolat.

TANCRÈDE.

Bon... Je comprends...

RIFLARDINI.

Et soigne-le bien.

TANCRÈDE.

Soyez tranquille...

RIFLARDINI.

Va... Et fais entrer cette dame...

Il va devant la glace et s'arrange les cheveux.

TANCRÈDE, qui a ouvert la porte du fond.

Madame, si vous voulez bien vous donner la peine... (Madame Blondeau voilée, entre avec hésitation. — En s'en allant.) Rien de naturel !... (Haussant les épaules.) Quelle misère !...

Il sort et referme la porte.

SCÈNE V

RIFLARDINI, MADAME BLONDEAU.

MADAME BLONDEAU, à part.

Je tremble... (Avançant en hésitant et très troublée.) Je vous prie de m'excuser, monsieur, si j'ose me présenter chez vous...

RIFLARDINI, qui est allé au-devant d'elle.

Comment donc, madame...

MADAME BLONDEAU, écartant son voile.

Croyez bien que s'il ne s'agissait pas d'une circonstance grave...

RIFLARDINI, étonné.

Je ne la connais pas...

MADAME BLONDEAU.

Et si ce n'était pour rendre un service...

RIFLARDINI, à part.

Jolie femme... (Haut.) Pardon, madame, ce n'est donc pas vous qui m'avez écrit ce petit billet ?...

Il le lui montre.

MADAME BLONDEAU, étonnée.

Moi ?... Du tout...

RIFLARDINI.

Ah ! veuillez alors m'expliquer le motif de votre visite...

MADAME BLONDEAU.

Je suis chargée, monsieur, d'une mission des plus délicates... Madame Bonpérier, une de mes meilleures amies, a eu l'imprudence qu'elle regrette, — d'échanger avec vous une correspondance qu'aujourd'hui elle voudrait voir anéantie... Elle m'a remis vos lettres et en retour elle désire...

RIFLARDINI.

Que je vous rende les siennes... C'est bien, madame... Je suis un trop galant homme pour me refuser à cette restitution...

MADAME BLONDEAU.

Je n'en doutais pas, monsieur...

RIFLARDINI.

Ces lettres sont serrées précieusement au fond d'un tiroir... Je vous demande seulement le temps de les chercher...

Tancrède entre par le fond, mais apercevant Riflardini près de madame Blondeau il ressort vivement, frappe à la porte, puis entre de nouveau.

SCÈNE VI

LES MÊMES, TANCRÈDE.

RIFLARDINI, à Tancrède.

Qu'est-ce que tu veux ?

TANCRÈDE, s'approchant de lui.

Deux mots seulement...

RIFLARDINI, à madame Blondeau qui est à gauche.

Vous permettez, madame... (A Tancrède à l'avant-scène à droite.) Qu'y a-t-il donc ?

TANCRÈDE.

La dame voilée, numéro deux, celle qui vous a écrit...

RIFLARDINI.

Ah ! ah !

TANCRÈDE.

Elle est là et elle veut vous parler tout de suite... tout de suite...

RIFLARDINI.

Tout de suite ?

TANCRÈDE.

Oui, monsieur.

RIFLARDINI.

Bien... (Allant à madame Blondeau.) Je vous demande mille pardons... une affaire urgente... Veuillez entrer dans ce salon... (Il ouvre une porte à droite.) Je vous remettrai les lettres dans un moment..,

MADAME BLONDEAU, près de la porte de gauche.

Puisqu'il le faut... Mais je vous prie...

RIFLARDINI.

Quelques minutes... (Madame Blondeau sort par la gauche. — A Tancrède.) Fais entrer cette dame...

Tancrède sort par le fond.

BLONDEAU, ouvrant la porte de droite.

Je voudrais bien...

RIFLARDINI, lui refermant la porte sur le nez.

Tout à l'heure!...

SCÈNE VII

RIFLARDINI, BIANCA.

Bianca entre par le fond. — Tancrède referme la porte derrière elle. — Elle va droit à Riflardini, se place devant lui et rejette son voile en arrière.

BIANCA.

Jules, me reconnaissez-vous ?

RIFLARDINI, avec un cri.

Bianca!...

BIANCA, se laissant aller dans ses bras.

Ah! ça fait du bien de se revoir après une si longue séparation!...

RIFLARDINI, très ému.

Quelle émotion!... O mes bronches!

BIANCA.

Je ne comptais plus jamais vous revoir, Jules... lorsque avant-hier, par hasard étant allée aux Italiens, où l'on jouait *Rigoletto*... je vous reconnus... Ça me fit un effet...

RIFLARDINI.

Je suis splendide dans *Rigoletto*...

BIANCA.

Tout notre passé m'apparut soudain... Nous étions bien jeunes quand nous nous aimâmes tant! Vous aviez vingt ans et moi à peine dix-huit .. J'ai eu de grands torts envers vous... Je vous ai abandonné un peu brusquement à Bordeaux...

RIFLARDINI.

C'est oublié!...

BIANCA, avec embarras, et à mi-voix.

C'est que je ne doutais pas, en vous quittant que j'emportais dans mon sein le gage de notre amour...

RIFLARDINI.

Quoi?

BIANCA, baissant les yeux.

Oui... (A mi-voix.) Il naquit à Bayonne... C'est un fils!...

RIFLARDINI.

Un fils!... J'ai un fils... moi!... Quelle émotion!... (Avec anxiété.) O mes bronches!... (Par réflexion.) Mais êtes-vous bien sûre qu'il est?...

BIANCA.

De vous? Oh! oui, car le jour même de sa naissance, j'inscrivis un D sur le journal de Bayonne... un D... la première lettre de Dupiton... Vous voyez qu'il n'y a pas d'erreur possible...

RIFLARDINI.

Vous avez de l'ordre... et ce fils ?

BIANCA.

Attendez... un engagement m'appelait en Portugal... Je laissai l'enfant aux environs de Bayonne... Là-bas à Lisbonne je me mariai... avec un vieux Portugais, le marquis de Barraméda... (Mouvement de Riflardini.) Quand je revins réclamer mon fils quinze ans plus tard...

RIFLARDINI.

Quinze ans !...

BIANCA.

On ne fait pas ce qu'on veut... Alors, Jules, alors... (Avec l'accent du drame.) Fatalité !...

RIFLARDINI, même accent.

Mon Dieu !...

BIANCA, avec un grand cri.

Disparu !...

RIFLARDINI, de même.

Mon fils... Ah !... (Avec désespoir.) O mes bronches !...

BIANCA.

Ne pleure plus... mon petit Jules, je l'ai retrouvé !...

RIFLARDINI.

Vrai ?

BIANCA.

Il y a un quart d'heure...

RIFLARDINI.

Quoi ? pas plus ?

BIANCA.

Au moment où j'entrais dans cette maison... il allait en sortir... Nos épanchements eurent lieu dans le vestibule...

Il est bien malheureux, le pauvre enfant... Il aime sans espoir... Il adore la fille du propriétaire...

RIFLARDINI.

M. Blondeau?...

BIANCA.

Qui ne veut pas la lui donner...

RIFLARDINI, avec force.

Il la lui donnera... j'en réponds... Mais où est-il... Où est-il que je le presse dans mes bras?...

BIANCA.

Un fiacre m'a amenée jnsqu'au coin de la rue... en face de l'épicier... Ne sachant comment vous recevriez votre enfant, je l'ai inséré provisoirement dans ce fiacre... Il m'attend, anxieux... Vous n'avez qu'un mot à dire et je vous l'amène...

RIFLARDINI.

Ah! Bianca!... Avez-vous pu douter?... Courez...

BIANCA.

Jules, tu as le cœur d'un artiste!...

RIFLARDINI.

Dites d'un grand artiste... (Essayant une gamme.) Do ré mi fa... doublé d'un père... ré mi fa sol!... (Avec élan.) Va!...

BIANCA.

Oui!...

Elle sort vivement par le fond.

SCÈNE VIII

RIFLARDINI, TANCRÈDE, puis BLONDEAU.

RIFFLARDINI.

Retrouver un fils le jour d'une première... Oh non!... C'est trop pour un larynx sensible...

TANCRÈDE, entrant avec un plateau sur lequel il y a une tasse.

Voilà le chocolat de monsieur...

Il le pose sur le guéridon.

RIFLARDINI.

Il s'agit bien de chocolat...

TANCRÈDE, à part.

Tiens...

RIFLARDINI.

Tancrède, je ne jouerai pas ce soir...

TANCRÈDE.

Bah!...

RIFLARDINI, écrivant.

Tu feras porter ce mot au théâtre... pour cause d'irritation de bronches...

TANCRÈDE.

Il faudrait au moins un certificat de médecin...

RIFLARDINI, ouvrant un tiroir.

C'est facile... j'en ai là d'avance une provision dans mon tiroir... (Il en prend un.) Il n'y a que la date à mettre... (Lui donnant le billet.) Tiens, fais porter de suite... (Tancrède sort.) Quant à moi, j'ai une noble mission à remplir... je veux que mon fils, en entrant chez moi, y trouve la joie et le bonheur... Je descends chez Blondeau... non plus menaçant et le bras levé, mais doux et humble... je me traînerai s'il le faut à ses genoux, et il ne me refusera pas...

Il va pour sortir.

BLONDEAU, sortant de droite.

Ah çà! est-ce que je vais passer toute ma vie là-dedans?...

RIFLARDINI, revenant.

Ah! et cette dame que j'oubliais... ces lettres...

Il va à un secrétaire, l'ouvre et prend un petit paquet de lettres dans un tiroir.

BLONDEAU, à Riflardini.

Je voulais vous dire...

RIFLARDINI.

C'est bien, nous l'essaierons une autre fois... je suis pressé... Tenez, Samuel, un service... (Montrant la porte de droite.) Il y a là une dame... remettez-lui de ma part, ce petit paquet de lettres...

BLONDEAU.

Bien... Mais...

RIFLARDINI.

Je n'ai pas le temps... je vous dis que nous l'essaierons une autre fois... (Avant de sortir par réflexion.) Et ma voix où en est-elle? (Essayant de faire une gamme et ne pouvant tirer aucun son de sa gorge. — Avec désespoir.) Rien ne sort plus!... sortons!...

Il sort vivement par le fond à gauche.

SCÈNE IX

BLONDEAU, MADAME BLONDEAU.

BLONDEAU, avec joie.

Il s'en va... je suis sauvé... Acquittons-nous vite de sa commission... (Ouvrant la porte.) Madame...

MADAME BLONDEAU, voilée, sortant de droite et passant devant lui.

Enfin!

BLONDEAU, s'avançant.

Je suis chargé par M. Riflardini de vous remettre ces lettres...

MADAME BLONDEAU, lui donnant également un petit paquet.

Voici les siennes... (Prenant le paquet des mains de Blondeau en écartant un peu son voile.) Merci, monsieur!...

Elle sort vivement par le fond.

BLONDEAU, stupéfait.

Ma femme!...

SCÈNE X

BLONDEAU, *seul.*

Ma femme!... chez lui!... (*Voulant courir après elle.*) Je... (*S'arrêtant.*) Non, c'est inutile... Elle, je la retrouverai sans courir... C'est lui qu'il faut attendre... c'est ici qu'est la vengeance!... Ainsi, la dame voilée qui lui écrivait : « Nos amours furent délicieuses, » c'était ma femme!... Elle venait pour ravoir ses lettres... et c'est moi qui les lui ai remises... (*Montrant le paquet de lettres.*) Mais j'ai les siennes à cet histrion... à ce... J'étouffe!... (*Il retire sa barbe et sa perruque qu'il met dans sa poche.*) Je suffoque... j'ai le gosier sec... j'aurais besoin de boire... (*En s'appuyant contre le guéridon, il trempe son doigt dans la tasse de chocolat.*) Hein?... qu'est-ce que c'est que ça?... (*Suçant son doigt.*) Du chocolat!... (*Regardant la tasse.*) Son chocolat!... Il tombe bien... ça va me soutenir... (*Buvant une gorgée.*) Il est bon!... (*Avec fureur.*) Ah! gredin, tu voulais me souffleter, mais c'est moi, à mon tour, qui prétends te couvrir de calottes... brigand!... (*Vidant la tasse.*) Il est très bon... (*Avec fureur.*) Et cette femme!... Une Castel Bombé!... Moi qui l'avais prise de confiance... comme on est volé!... Et je l'appelais ma poule... et je... (*S'arrêtant tout à coup.*) Tiens!... c'est drôle!... qu'est-ce que j'ai donc? voilà qui est particulier... je devrais voir toutes les choses en noir... Eh bien, pas du tout... je les vois en rose!... Il me monte au cerveau un tas d'idées cocasses!... (*Se frappant le front.*) J'y suis... c'est le désir de la vengeance... Ma femme m'a trompé, il faut que je la trompe à mon tour!... Mais qu'est-ce que j'ai donc?... qu'est-ce que j'ai donc?

SCÈNE XI.

BLONDEAU, MADAME DE SAINTE-AMARANTHE.

MADAME DE SAINTE-AMARANTHE, entrant très agitée.

C'est révoltant! on ne se conduit pas de cette manière-là...

BLONDEAU.

La baronne...

MADAME DE SAINTE-AMARANTHE.

Et il faut que Riflardini sache... (Apercevant Blondeau qui s'avance vers elle.) Tiens... monsieur Blondeau... comment, vous ici?

BLONDEAU, la dévorant des yeux.

Qu'elle est belle! (Haut.) Une petite affaire d'intérêts... à régler.... Mais qu'aviez-vous donc en entrant?... Vous paraissiez furieuse...

MADAME DE SAINTE-AMARANTHE.

Ah! ne m'en parlez pas... c'est mon Portugais... Avant de me quitter, croiriez-vous que, pour passer sa fureur, il s'est mis à tout casser chez moi... les meubles... les porcelaines... les cristaux...

BLONDEAU.

Palefrenier!... il faudra les lui faire payer...

MADAME DE SAINTE-AMARANTHE.

C'est que c'est déjà lui qui les a payés la première fois...

BLONDEAU.

C'est différent!... mais que pouvez-vous attendre d'un être aussi hippique?... (A part.) Qu'elle est belle! (Haut.) Heureusement, il y a des hommes, qui savent mieux apprécier le charme... la grâce... le velouté...

MADAME DE SAINTE-AMARANTHE.

Eh! mon Dieu!... quels regards!... On croirait presque que vous me faites une déclaration...

BLONDEAU, avec force.

Je vous la fais...

MADAME DE SAINTE-AMARANTHE.

Vous?...

BLONDEAU.

Moi!...

MADAME DE SAINTE-AMARANTHE.

Vous qui venez de me donner congé...

BLONDEAU, avec force.

Je le retire... je retire le congé... et je vous ferai mettre du papier partout... (Avec feu se rapprochant de la baronne et lui saisissant la main.) Quelle jolie main!... (Il lui baise la main.) Et ce bras... oh! ce bras... baronne!...

Il lui baise le bras.

MADAME DE SAINTE-AMARANTHE.

Vous êtes fou!... modérez-vous!...

BLONDEAU.

Non!... pas aujourd'hui... (Cherchant à l'embrasser.) Ah! baronne...

LA VOIX DE BARRAMÉDA, au dehors.

Je vous dis que j'entrerai!...

MADAME DE SAINTE-AMARANTHE, repoussant brusquement Blondeau.

Don José!...

BLONDEAU, furieux.

La centaure!... que le diable l'emporte!...

MADAME DE SAINTE-AMARANTHE.

Que vient-il faire ici?...

Elle entre dans la chambre à gauche. — La porte du fond s'ouvre très violemment, et on voit Barraméda que Tancrède cherche à retenir. — Blondeau déploie vivement le paravent qui est à gauche contre le mur et passe derrière.

SCÈNE XII

BLONDEAU, derrière le paravent, BARRAMÉDA, TANCRÈDE.

TANCRÈDE, voulant retenir Barraméda.

Mais, monsieur...

BARRAMÉDA, l'écartant et passant.

Tais-toi, clampin! quand on a été dans la cavalerie on entre partout...

TANCRÈDE.

Je vous dis...

BARRAMÉDA.

Assez!... je vois ce que c'est... tu as besoin d'être entraîné... (Lui donnant un billet de banque.) Tiens! voilà cent francs... (A part.) Ça fait quatre cents...

TANCRÈDE, le mettant dans sa poche.

Je n'admets pas ces raisons-là...

BARRAMÉDA.

Alors, rends-moi...

TANCRÈDE.

Je ne vous ferai pas cette insulte... je sais vivre... Mais je vous répète que mon maître n'est pas là...

BARRAMÉDA, brusquement.

Eh bien, je l'attendrai!...

TANCRÈDE, du même ton.

Eh bien, au fait, qu'est-ce que ça me fait?... Attendez-le...

Il sort.

SCÈNE XIII

BLONDEAU, derrière le paravent. BARRAMÉDA, puis BIANCA et BILLARDIN.

BARRAMÉDA.

Ces domestiques sont d'une insolence... c'est comme cette petite Frosine... un jour dans l'antichambre, je l'entends dire à une personne qui demandait la baronne : Madame est au salon, mais vous ne pouvez pas lui parler, elle est avec son type! Le type, c'était moi!... (S'asseyant dans un fauteuil.) Certainement, je l'attendrai... Quand j'ai appris par le concierge qu'il demeurait dans la maison, je me suis dit : Tu m'as distancé d'une longueur, mais je te rattraperai au premier tournant... (S'enfonçant dans le fauteuil.) Nous allons voir...

BLONDEAU, qui regarde par-dessus le paravent.

Il s'installe!...

BIANCA, entrant par le fond suivie de Billardin.

Viens, mon fils...

BILLARDIN.

Oui, maman...

BLONDEAU, même jeu.

Bianca!...

BIANCA, avisant les jambes de Barraméda.

Il est là... (Poussant Billardin.) Va!

BILLANDIN, se précipitant à genoux aux pieds de Barraméda dont il saisit la main.

Bénissez-moi, mon père...

BARRAMÉDA, se levant.

Hein?

BIANCA, stupéfaite.

Mon mari!... Ah!... (Elle passe vivement derrière le paravent où est Blondeau qui la reçoit dans ses bras, elle pousse un second cri en le reconnaissant.) Ah! Auguste!

BLONDEAU, la dévorant des yeux.

Qu'elle est belle?

BARRAMÉDA, levant sa canne sur Billardin.

Si je ne me retenais pas...

BILLARDIN, reculant vivement.

Retenez-vous... (Reculant vers le paravent.) Cette manière peu paternelle de me recevoir...

BIANCA, quand Billardin est près d'elle. — Passant vivement sa tête au coin du paravent.

Ce n'est pas celui-là...

Elle rentre dans le paravent.

BILLARDIN.

Bah!...

BARRAMÉDA, avec colère, à Billardin.

Mais, monsieur, je ne vous connais pas...

BILLARDIN, très doucement.

Ni moi non plus... Il arrive fréquemment qu'on croit retrouver son père et qu'on s'adresse par mégarde à un étranger. Il y a mal-donne, voilà tout...

BARRAMÉDA.

Mal-donne! mal-donne!...

BLONDEAU, derrière le paravent, entourant la taille de Bianca.

O Bianca!...

BIANCA, cherchant à se dégager.

Finissez!...

BARRAMÉDA, à Billardin.

Je n'aime pas les mauvaises plaisanteries... Débarrassez-moi la piste...

BILLARDIN, reculant jusqu'au fond.

Ne vous emportez pas. . Erreur n'est pas compte...

BLONDEAU, à Bianca avec feu.

Je t'aime!...

Il l'embrasse bruyamment.

BARRAMÉDA, bondissant.

Hein! il y a quelqu'un là! on s'embrasse... (Il court au paravent, l'entr'ouvre et aperçoit Bianca dans les bras de Blondeau.) Ma femme... avec ce gros ténor!

BILLARDIN, au fond, se retournant vivement.

Le ténor... voilà mon affaire... (Se précipitant aux pieds de Blondeau et lui saisissant la main.) Bénissez-moi, mon père! ..

BLONDEAU, le repoussant.

Voulez-vous me laisser tranquille, vous.

BILLARDIN, se relevant.

Le père d'Anna!... Encore un impair!...

BARRAMÉDA, furieux.

Non! C'en est trop pour un Portugais seul... (Avec un geste de fureur à sa femme.) Madame!...

BIANCA, poussant un cri.

Ah! il va me frapper...

BLONDEAU, s'interposant.

Pas devant moi!... (A Barraméda.) Je vous trouve joli de faire des reproches à votre femme quand vous avez ici même une maîtresse...

BARRAMÉDA.

Taisez-vous donc!

BIANCA, avec force.

Une maîtresse!... (A part.) Quel dérivatif! (Haut.) Une maîtresse!... Ah! c'est affreux!... (A Barraméda.) Vous n'avez pas de honte... Un homme de votre âge... un homme presque fini!... (Piétinant sur place en poussant des cris étouffés.) Ah! les nerfs!... les nerfs!... les nerfs!...

BLONDEAU, lui tapant dans les mains et s'adressant à Barraméda.

Malheureux! Voyez dans quel état vous la mettez!...

BARRAMÉDA, abasourdi.

Je me suis emballé!...

MADAME DE SAINTE-AMARANTHE, au bruit qu'on fait sortant de la chambre de gauche.

Qu'y a-t-il donc?

BARRAMÉDA.

La baronne!... (Lui saisissant le bras.) Pas un mot!...

SCÈNE XIV

LES MÊMES, RIFLARDINI,
MADAME DE SAINTE-AMARANTHE.

RIFLARDINI, apercevant Blondeau.

Le voici! le voici!... (Courant à lui.) Mon cher Blondeau...

BLONDEAU, se retournant furieux.

Ah! te voilà, toi!

RIFLARDINI, avec douceur.

Ne craignez rien... Cette fois, c'est en ami...

BLONDEAU, exaspéré.

En ami!... Tu oses... Ténor de carton!... camelotte!...

RIFLARDINI, étonné.

Camelotte!... Mais...

BLONDEAU, avec force.

Tais-toi!... (Marchant sur lui.) C'est à mon tour, maintenant, à me dresser, terrible, devant toi!... et à te jeter à la face... (Se fouillant.) Qu'est-ce que je te jetterai bien à la face?... (Tirant la perruque de sa poche et la lui lançant à la figure.) Tiens! Riflardini!...

RIFLARDINI, ne pouvant réprimer un mouvement de colère.

Une perruque!... Oh!...

BARRAMÉDA.

Riflardini!...

BILLARDIN, vivement.

Riflardini!... (Se précipitant à ses genoux.) Bénissez-moi, mon père!...

RIFLARDINI.

Je n'ai pas le temps... (A Blondeau.) Ecoutez-moi...

BLONDEAU.

Non... J'ai autre chose à faire pour le moment... Il faut que je m'occupe activement de tromper ma femme...

TOUS.

Hein?

BLONDEAU.

Et si je savais... (A lui-même par inspiration.) Oh! au-dessus... un atelier de modistes... (Avec force.) Voilà mon affaire!... (Très exalté, écartant tout le monde et se dirigeant vers la fenêtre du fond). Place!... place!...

Il enjambe la balustrade de la fenêtre.

TOUS, effrayés.

Que fait-il?

BLONDEAU, se plaçant debout sur la sellette.

En route pour Cythère!... (D'une voix forte.) Hisse!...

Il s'enlève.

TOUS, poussant un cri d'effroi.

Ah!...

Barraméda soutient de chaque côté Bianca et madame de Sainte-Amaranthe, Riflardini et Billardin se jettent dans les bras l'un de l'autre. Blondeau disparaît.

La toile baisse.

ACTE CINQUIÈME

Le théâtre représente un atelier de modistes; à gauche, une grande table couverte de chapeaux, de bonnets, de rubans, de fleurs artificielles, etc., etc., — Portes au fond. — Portes latérales.

SCÈNE PREMIÈRE

MADAME BLONDEAU, ANNA, DUTILLEUL, SANSONNETTE, MIRABELLE, TOPAZE, JOUVENCE.

Au lever du rideau, les quatre ouvrières sont assises autour de la grande table et travaillent à des chapeaux et à des bonnets. Anna, debout à droite, essaie des chapeaux, Mirabelle se tient près d'elle un miroir à la main et l'aide à les mettre. Madame Blondeau est assise à droite d'Anna. Dutilleul est assis à sa gauche.

MIRABELLE, présentant un chapeau à Anna.

Tenez, mademoiselle, essayez celui-ci...

ANNA, le prenant.

Des rubans roses... il ne m'ira pas...

DUTILLEUL.

Pourquoi donc?... le rose c'est si joli... Vous pouvez vous en rapporter à moi... (Se balançant sur sa chaise.) pour le bon goût je suis d'aplomb...

Il manque de tomber.

SANSONNETTE, retenant sa chaise.

Prenez garde...

MADAME BLONDEAU, à Anna.

Essaie toujours... nous verrons...

ANNA.

Si vous voulez... (Elle met le chapeau sur sa tête et se retourne.) Eh bien?

DUTILLEUL, se balançant sur sa chaise.

Délicieuse!... adorable!... renversante!...

Il manque de tomber.

SANSONNETTE, le retenant.

Prenez donc garde.

ANNA.

Vous trouvez? cela suffit... (Retirant le chapeau.) Il ne me plaît pas...

MADAME BLONDEAU.

Voyons-en un autre...

MIRABELLE.

Nous n'en avons plus ici... mais si ces dames veulent passer dans le magasin,.. elles y trouveront un grand choix...

Elle ouvre une porte à droite.

MADAME BLONDEAU, se levant.

Volontiers...

MIRABELLE.

Entrez, mesdames, la patronne est là.

MADAME BLONDEAU, à Anna.

Viens...

Elle entre à droite et Anna se dispose à y entrer également.

DUTILLEUL, qui s'est levé.

Je vous suis... je tiens à vous donner mon avis...

ANNA.

Oh! je n'en ai pas besoin...

Elle entre à droite.

DUTILLEUL, la suivant.

Si, si... j'ai un goût exquis... (Il tousse.) c'est une quinte... (Il entre à droite en toussant.) C'est une forte quinte... heu! heu! heu!...

SCÈNE II

SANSONNETTE, MIRABELLE, TOPAZE, JOUVENCE,

SANSONNETTE.

Quel type!

MIRABELLE.

Est-il assez décati!

TOPAZE.

C'est une ruine!

SANSONNETTE, qui a suivi des yeux la sortie des personnages.

Nous sommes seules... (Jetant le chapeau qu'elle tient sur la table.) Liberté, libertas!... (Cherchant dans les rubans.) Où est mon cahier de chansons?...

Elle le tire de dessous les rubans.

MIRABELLE, même jeu.

Mes pommes... mes oranges...

TOPAZE, même jeu.

Mon roman...

JOUVENCE, même jeu.

Ma brochure... vous savez, mesdemoiselles, que je m'essaie après demain à la Tour-d'Auvergne.

TOPAZE.

Dans quoi?

JOUVENCE.

Dans *Andromaque!*

SANSONNETTE.

Une tragédie... c'est bien rococo, ma chère... à la bonne heure les chansons... (Montrant son cahier.) Répertoire nouveau... des couplets ravissants... et des titres d'une fraîcheur... Ecoutez moi ça : « *Qui qu'a vu Coco?... Pitié pour ma binette! Trois cure-dents pour un sou!* » Est-ce assez lyrique!...

MIRABELLE, mordant dans une pomme.

Possible... mais moi j'aime mieux ce qui se mange... (Offrant une pomme à Topaze.) En veux-tu?

TOPAZE.

Merci... (Montrant son volume.) Je préfère la grande et saine littérature... Quel roman!... mes enfants... comme c'est beau!...

JOUVENCE.

Comment s'appelle-t-il?

TOPAZE.

Les Amours d'un égoutier!...

SANSONNETTE.

Et moi je vous dis que tout ça ne vaut pas ce joli refrain :

Chantant.

Sont-ils veinards
Tous ces Bidard...

A ce moment on entend à gauche un grand bruit de fenêtre ouverte avec fracas et de vitres brisées.

TOUTES.

Ah! mon Dieu!...

SANSONNETTE, tremblante.

Qu'est-ce que c'est que ça?

La porte de gauche s'ouvre violemment et Blondeau entre vivement.

TOUTES, poussant un grand cri.

Un homme!...

Elles se serrent toutes les quatre les unes contre les autres en baissant la tête avec effroi.

SCÈNE III

LES MÊMES, BLONDEAU.

BLONDEAU, s'arrêtant et les contemplant.

Quel groupe!... La statuaire en a peu produit d'aussi... chatoyant!

SANSONNETTE, risquant un œil.

C'est un gros bouffi...

MIRABELLE, même jeu.

Qui a l'air d'un bon enfant...

BLONDEAU, qui s'est avancé jusqu'au milieu d'elles.

La crème!... la crème des bons enfants!...

TOUTES, s'éloignant vivement.

Ah!...

SANSONNETTE, courant à droite pour appeler.

Madame... mad...

BLONDEAU, la retenant.

N'appelez pas... c'est inutile... Et calmez vos sens... Je suis le propriétaire de cet immeuble...

TOUTES, se rapprochant.

Le propriétaire...

SANSONNETTE.

Ah bah!... par où donc êtes-vous entré?

BLONDEAU.

Par la fenêtre...

TOUTES.

Par la fenêtre!

BLONDEAU.

C'est moins banal que la porte...

MIRABELLE.

Et que venez-vous faire ici?

BLONDEAU, à part.

Elle est gentille cette brunette!... (Haut.) Mon Dieu, je pourrais vous dire que c'est pour voir si les cheminées fument... non! ce serait un mensonge... je ne viens pas pour les cheminées...

TOUTES.

Eh bien! pourquoi?

BLONDEAU, contemplant les ouvrières.

Délicieuses ces petites chattes. (Gaiement.) Je viens pour batifoler un peu...

SANSONNETTE.

Batifoler!... (Avec dignité.) Mais, monsieur...

BLONDEAU, très gaiement.

Ah bah! la vie est courte... il faut se la couler douce et mordre tant qu'on peut au fruit défendu...

MIRABELLE, mordant dans sa pomme.

Plus souvent!

BLONDEAU.

Elle dit : plus souvent... et elle y mord à pleines dents... oh! les femmes! toutes les mêmes... elles ne diffèrent que par la couleur des cheveux... mais moi, je n'ai pas de préférence et je vous aime toutes sans distinction de nuances!...

SANSONNETTE.

En voilà des principes!

BLONDEAU, très gaiement.

Au diable les principes!... Je suis dans un jour de gaîté... dans un jour d'expansion... j'éprouve un immense besoin de rire et de m'amuser... batifolons. (Lutinant Sansonnette et lui pinçant la taille.) Ah! ah! ah!

SANSONNETTE, lui tapant sur les mains.

Finissez, vous me chatouillez...

BLONDEAU, avec force.

Elles sont adorables! (Avec beaucoup d'entrain.) Batifolons... folâtrons!... vivent Momus! Bacchus et Vénus!... Je vous emmène toutes au restaurant, et je vous paye à dîner... il y aura des écrevisses et du champagne!...

TOUTES, sautant de joie.

Du champagne!... Oh! oui, du champagne!...

BLONDEAU.

Et au dessert nous chanterons et nous danserons!... je veux faire des folies, et quand vous me verrez à table, le verre en main, vous vous écrierez toutes :

AIR de la polka de Fahrbach : *Tout à la joie.*

Ce gros monsieur-là
Quelle verve il a!
Ah! ah! ah!
Ainsi que l'Etna
Il flamba, brûla!
Ah! ah! ah!
Offrant sa flamme à
Toute une smala!
Ah! ah! ah!
Nous voulons par Allah!
Qu'il soit notre pacha!

I

Bien plus brûlant que la
Plaine du Sahara,
Mon cœur s'allumera
Aux beaux yeux que voilà!
C'est vingt ans qu'il aura,
Il vous le prouvera,
Aussi l'on n'entendra
Qu'un seul cri qui sera :
Ce gros monsieur-là
Quelle verve il a!
Etc., etc.

TOUTES.

Ce gros monsieur-là,
Etc., etc.

BLONDEAU.

Quand le vin moussera
On rira, dansera,
Et l'on s'amusera
Le plus que l'on pourra!
De ce gai festin-là,
Chacun' de vous, oui-da!
Longtemps se souviendra
Et, j'en suis sûr, dira :
Ce gros monsieur-là
Quelle verve il a !
Etc., etc.

TOUTES, dansant un quadrille.

Ce gros monsieur-là
Etc., etc.

BLONDEAU, revenant au milieu avec Sansonnette.

Apothéose !... (Sansonnette se renverse dans ses bras, les autres se groupent autour de lui.) Flammes du Bengale!... Tout le monde s'embrasse !...

Il les embrasse.

SCÈNE IV

LES MÊMES, MADAME BLONDEAU.

MADAME BLONDEAU, sortant de droite.

Que vois-je!...

SANSONNETTE.

Sauve qui peut !...

Elles se sauvent toutes par la gauche.

SCÈNE V

BLONDEAU, MADAME BLONDEAU.

BLONDEAU.

Ma femme!

MADAME BLONDEAU.

Voilà du joli!... Comment, monsieur, dans votre propre maison!...

BLONDEAU.

Pourquoi pas?

MADAME BLONDEAU.

Et devant moi!... vous n'êtes pas honteux.

BLONDEAU.

Nullement... je vous trouve charmante, par exemple, de m'adresser des reproches... après ce que vous avez fait!...

MADAME BLONDEAU.

Ce que j'ai fait... que prétendez-vous dire?...

BLONDEAU.

C'est la peine du talion... vous m'avez... dindonné, je prends ma revanche...

MADAME BLONDEAU.

Une pareille insulte!... à moi!... Vous oubliez que je suis une Castel...

BLONDEAU.

Bombé!... vous avez bien commencé par l'oublier vous-même... Vous avez jonglé avec votre blason, madame!...

MADAME BLONDEAU.

Moi!... Prenez garde, monsieur!... Je sens que je ne puis en endurer davantage... les doigts me démangent... (Faisant le geste de donner un soufflet.) et si vous me poussez à bout...

BLONDEAU, ricanant.

Allons donc! madame, vous n'oseriez pas...

MADAME BLONDEAU, furieuse, s'avançant sur lui la main levée.

Vous m'en défiez?...

BLONDEAU, se plaçant en face d'elle.

Je vous en défie...

MADAME BLONDEAU, exaspérée.

Eh bien... (Lui appliquant un soufflet.) tenez!...

BLONDEAU, stupéfait.

Oh!

SCÈNE VI

Les Mêmes, BONPÉRIER.

BONPÉRIER, qui vient d'entrer.

Bon! attrape à ton tour!... Nous sommes quittes...

BLONDEAU, courant à Bonpérier.

Ah! Bonpérier.,. vous arrivez à propos...

BONPÉRIER.

Oui, le coup d'œil était agréable!...

BLONDEAU, criant.

Une séparation... vous entendez... Je veux me séparer...

BONPÉRIER.

Vous aussi... il paraît que ça se gagne...

BLONDEAU.

Vous introduirez l'instance tout de suite...

BONPÉRIER.

Pardon... pardon... mais pour se séparer il faut des griefs sérieux...

BLONDEAU, se tenant la joue.

Il me semble que...

BONPÉRIER.

Le soufflet, oui... ça c'est une bonne chose... mais enfin, ce n'est qu'un soufflet. . tandis que si votre femme avait... vous comprenez...

BLONDEAU.

Mais ça y est!... en plein!

MADAME BLONDEAU.

Quelle horreur!

BONPÉRIER.

Vrai!... en avez-vous les preuves?

BLONDEAU.

Je les ai!...

BONPÉRIER.

Vous êtes plus veinard que moi...

MADAME BLONDEAU.

Des preuves... c'est impossible...

BLONDEAU.

Impossible... vous allez voir... (Tirant le paquet de lettres de sa poche.) Qu'est-ce que c'est que ça?

MADAME BLONDEAU, à part.

Les lettres qu'Hortense m'avait remises!...

BONPÉRIER.

Une correspondance... bonne affaire!

MADAME BLONDEAU, à part.

Et devant le mari!... (Allant à Blondeau, très émue.) Monsieur... monsieur... comment se fait-il que vous ayez ces lettres?...

BLONDEAU.

Ça, je n'ai pas besoin de vous le dire... je les ai... c'est le principal...

BONPÉRIER.

C'est le principal... le reste n'est qu'accessoire...

BLONDEAU.

Et nous allons les lire à haute et intelligible voix...

MADAME BLONDEAU, à part.

Ciel!

BLONDEAU, qui déplie une lettre.

Ecoutez ça, Bonpérier...

MADAME BLONDEAU, courant à lui.

Auguste, je t'en prie...

BLONDEAU.

Du tout... du tout... je les lirai... il faut que Bonpérier soit au courant...

MADAME BLONDEAU, à part.

Impossible de l'empêcher...

BLONDEAU, lisant.

« Cher trésor adoré... »

BONPÉRIER.

Ça commence chaudement...

BLONDEAU.

« Tu as bien raison, ton mari n'est qu'un vieil imbé- » cile... »

BONPÉRIER.

Jusque-là, il n'y a rien à dire...

BLONDEAU.

« Mais que pouvais-tu attendre d'un huissier... » (S'interrompant) Hein?...

BONPÉRIER.

Comment?...

BLONDEAU, continuant.

« Tandis que moi, ô mon Hortense!... »

BONPÉRIER, sautant sur les lettres.

Hortense!... il y a Hortense!...

BLONDEAU.

Mais alors ce n'est pas ma femme...

BONPÉRIER.

C'est la mienne!... (Avec joie.) Quelle chance!...

BLONDEAU.

Comment, quelle chance?

BONPÉRIER, brandissant les lettres.

Je tiens mon trente-huitième grief... avec preuves à l'appui!...

SCÈNE VII

LES MÊMES, RIFLARDINI, BILLARDIN.

RIFLARDINI, entrant suivi de Billardin.

Viens, mon fils, viens...

BILLARDIN.

Oui, papa...

RIFLARDINI.

Il faudra bien qu'il entende raison... (Allant à Blondeau.) Monsieur, dussé-je affronter de nouveau votre courroux...

BLONDEAU.

Ah! Riflardini... mon cher Riflardini... votre main.

RIFLARDINI, étonné, la lui donnant.

La voici...

BLONDEAU.

Je vous dois des excuses... j'avais cru... je vous demande pardon... nous venons de lire les lettres...

RIFLARDINI.

Quelles lettres?...

BONPÉRIER, *montrant le paquet de lettres.*

Eh parbleu, celles-ci... les bonnes petites lettres que vous écriviez à ma femme...

RIFLARDINI, *à part.*

Aïe!... (*Noblement à Bonpérier.*) C'est bien, monsieur, je suis à vos ordres...

BONPÉRIER, *avec effusion.*

Ah! mon ami, quel service vous m'avez rendu!...

RIFLARDINI.

Bah!

BONPÉRIER, *se jetant dans ses bras.*

Embrassons-nous!...

RIFLARDINI.

Je veux bien... (*A part.*) c'est le premier qui prend la chose comme ça...

SCÈNE VIII

LES MÊMES ANNA, DUTILLEUL.

ANNA, *sortant de droite suivie de Dutilleul.*

Je ne peux pas en trouver un à mon goût!...

BLONDEAU, *la prenant par la main.*

Qu'est-ce que tu cherches? Un mari!... Tiens, en voilà un. (*La faisant passer près de Billardin.*) Billardin, prenez ma fille...

BILLARDIN.

Oh! Anna! douce ivresse!...

DUTILLEUL, à Blondeau.

Mais vous m'aviez donné votre parole...

BLONDEAU.

Ma parole à vous, ma fille à lui... chacun aura quelque chose...

RIFLARDINI.

C'est juste... (A Billardin et Anna.) Oh! mes enfants, que d'émotions... (Faisant une gamme.) Sol, la, si, do, ré, mi, fa, sol... (Avec joie.) Elles sortent toutes!...

BLONDEAU, à sa femme.

Quant à toi, Agathe, tu me pardonneras...

MADAME BLONDEAU.

Je ne sais pas trop...

BLONDEAU.

Si, si tu me pardonneras... ce soir... parole d'honneur...

BONPÉRIER.

Gros fat!...

BLONDEAU.

Ouf!... ça ne fait rien... j'en ai passé de dures depuis que je loge dans ma maison... heureusement il y aura le moment du terme... quand je toucherai mes loyers...

BONPÉRIER

Pardon... vous ne les toucherez pas...

BLONDEAU.

Comment?

BONPÉRIER.

Je mettrai opposition entre les mains de tous vos locataires...

BLONDEAU.

Ah bon!... voilà le bouquet!... Eh bien, j'en ai assez de mon immeuble... je déménage demain... je redeviens locataire... j'aime mieux ça... et je veux qu'on dise partout en me voyant :

Ce gros monsieur-là
Dans ses murs logea,
Ah! ah! ah!
Mal il s'en trouva
Et déménagea!
Ah! ah! ah!
Mais de tout cela
Il se consol'ra,
Ah! ah! ah!
Si par bonheur on a
Ri de cette histoir' là!

ENSEMBLE.

Ce gros monsieur-là
Etc.

Imprimerie générale de Châtillon-sur-Seine. — Jeanne Robert

EN VENTE CHEZ LE MÊME ÉDITEUR

PIÈCES DE THÉATRE, FORMAT GRAND IN-18 ANGLAIS

La Petite Mariée .... 2 »
Le Fils adoptif.......... 2 »
Les Deux Cousines..... 1 50
La Couverture.......... 1 »
Le Pompon............. 2 »
Pif-paf................. 1 50
Le Wagon 513......... 1 50
Au Port............... 1 50
Les Colères du fleuve... » 50
Partie pour Saumur.... 1 50
Toulouse .... » 50
L'Inondation .... » 50
L'Ilote.................. 1 50
Tristapatte et Duraflée.. 1 50
Le Pan de Robe........ 1 50
Les Deux Orphelines... 2 »
Tous Dentistes........ 1 50
Retour du Japon........ 1 50
La Maitresse légitime... 2 »
Les Lunatiques......... 1 50
La Revue à la vapeur .. 1 50
Les Bibelots de Paris... 1 50
De deux heures à quatre. 1 50
Calino amoureux, in-8°.. 1 »
Le Traquenard......... 1 »
La Malle des Indes, in-4°. » 50
Madame Mascarille...... 1 50
L'Épilogue.............. 1 »
Giroflé-Girofla.......... 2 »
Les Petits-fils de Ménélas. 1 50
Mon Abonné............ 1 »
Revendication 1 50
La Famille Trouillat.... 2 »
Les Bêtes noires du Capitaine............ 2 »
Les Filles de l'air...... 1 50
Le Théâtre Archi Moral. 1 »
Mémoires d'un Flageolet. 1 50
Une Dame au Violon, 8°. » 60
Ce que deviennent les Filles de marbre, in-8° » 60
Les Chevaliers de la Charité, in-4°........ » 50
35 ans de bail in-8°.... 3 »
Un Mari dans les Petites-Affiches, in-8°........ » 60
Le Théâtre Scribe...... » 50

Les jeunes............ » 50
Un lit pour trois....... 1 50
Pourquoi plus de chansons » 50
Robinette 1 50
Bagatelle 1 50
La Maison du Mari..... 2 »
La Femme de Paillasse. 2 »
Le Guide du bon ton... 1 »
Mariée depuis midi..... 1 50
Le Florentin........... 1 »
Le Secret de Rochbrune. 2 »
L'Opéra aux Italiens .... 1 »
Ah! c'est donc toi Mme la Revue.......... 2 »
Forte en Gueule........ 2 »
Le Fils de la Comédienne. 2 »
Le Poisson Volant, in-4°. » 50
Charlotte et Nicaise..... 1 »
La Liqueur d'Or........ 2 »
La Vie de famille, in-8°. » 60
Une Volonté de fer, 8°. » 60
Une drôle de bonne, 8°. » 60
La Falaise de Penmark . 2 »
La Jolie parfumeuse.... 2 »
La Nuit des Noces de la fille Angot.......... »
Un beau-père par bête, 8°. » 60
Les Baisers du Roi...... 1 »
L'Apprenti de Cléomène. 1 »
Les Brigands par amour. 1 »
C'est un prodige, in-8°. » 60
La Leçon d'amour...... 1 »
A perpétuité........... 1 »
Agence matrimoniale.... 1 »
La Patte à Coco, in-4°. » 50
Pomme d'Api.......... 1 50
La permission de 10 heures................ 1 »
A Chatou............. 1 »
La Licorne............ 1 50
Postillons de Fougerolles 2 »
La Clarinette postale... 1 50
Le Client de Campagnac 1 »
Les Esprits des Batignolles .... 1 »
Prenez l'ascenceur..... 1 »

L'Oubliée.............. 2 »
La Mort de Molière..... 2 »
Les Horreurs du Carnaval 1
Le Club des Séparés ... 1 »
L'Éducation d'Ernestine. 1 »
L'Entresol............. 1 »
La Clé de Barbebleue... 1 »
Les Trois Princesses, 4°. » 50
Venez, je m'ennuie..... 1 »
Aristophane à Paris, in-4° » 50
Dans une armoire....... 1 »
Caïn.................. 1 »
Du pain s'il vous plaît.. 1 »
Jane.................. 2 »
La Flamme de Claude.. 1 »
Un Trésor dans une botte 1 »
Galathée et Pygmalion.. 1 »
Un Lâche............. 2 »
Le Forgeron de Châteaudun................ 2 »
Le portier du n° 15.... 2 »
Les pommes d'Or, in-4°. » 50
La Fille de Mme Angot. 2 »
Le Paletot de l'avare.... 1 »
L'Amour au village.. .. » 50
Don César de Bazan, op.-c. 1 »
Sol-si-ré-pif-pan .... 1 »
Sous le masque.. 1
Le Meilleur moyen ..... 1 »
L'Orgon de Tartuffe..... 2 »
Très-fragile 1
Difficile à marier .... 1 »
Il pleut................ 1 »
Mazeppa .... 2 »
Un homme comme il faut. 1 »
Un fiancé à l'heure..... 1
La Bonne à Venture.... 1
Une poignée de bêtises. 1 »
Paris dans l'eau....... 1 50
Les Apôtres du mal..... 2
Vive la Joie et les militaires.............. 1 »
Les Cent Vierges....... 2 »
La Tête de Carton ..... 1 »
Daniel Manin.......... 2 »

CLICHY. — Imp. Paul DUPONT, rue du Bac-d'Asnières, 12. (103, 1-6.)

www.ingramcontent.com/pod-product-compliance
Lightning Source LLC
LaVergne TN
LVHW020323230826

846091LV00003B/745
9782016178355